Tod in der Scheune

Heinz Jürgen Schneider

Tod in der Scheune

Kriminalroman

BOYENS

BOYENS
BUCHVERLAG

ISBN 978-3-8042-1291-6

Herstellung: Boyens Buchverlag
Druck: Boyens Offset, Heide
Printed in Germany

Er hat sie totgemacht.

Alles begreift der junge Landjäger jetzt noch nicht, aber das schon. Seine Augen sehen es.

Ein totes Mädchen hängt wie am Galgen vom Scheunenbalken herab.

Auf dem Boden kauert ein Mann und blickt zu ihr auf. Der heult wie ein Kind, und manchmal stammelt er in einer fremden Sprache.

Der Revierleiter telefoniert vom öffentlichen Fernsprecher mit der Kriminalpolizei. Der Mann vom Gut, der sie gerufen hatte, ist ins Dorf gelaufen.

Der junge Landjäger hat seinen Dienstrevolver gezogen und bewacht den Gefangenen, wie ihm befohlen worden ist.

1

Am 9. September 1931, zwei Tage danach, wird die schreckliche Tat weithin bekannt.

Schon am Vortag hatten die „Itzehoer Nachrichten", das damals meistgelesene Blatt auf dem flachen Land der preußischen Provinz Schleswig-Holstein zwischen der Hamburger Westgrenze und der Elbmündung, eine kurze Meldung gedruckt. In der heutigen Ausgabe steht dieser Bericht auf der ersten Seite:

Entsetzen über grausigen Mord an junger Bauerntochter

Ein grauenvolles Verbrechen hat sich in der kleinen Gemeinde Warringholz ereignet. Am Montagmor-

gen wurde in einer Scheune des dortigen Gutes die Bauerntochter Else Rehder ermordet aufgefunden. Wie wir erfuhren, ist der Tod nach ersten Erkenntnissen durch Erhängen eingetreten.

Den Täter hat die Polizei an Ort und Stelle verhaften können. Es handelt sich um einen polnischen Erntehelfer, dessen Namen mit Smucek angegeben wird. Oberstaatsanwalt Dr. Panek aus Itzehoe, der die Ermittlungen persönlich leitet, bestätigte das Vorliegen eines Geständnisses und einen Haftbefehl wegen Mordes.

Am Montagmorgen hatte ein Knecht die Tote gefunden. In der Scheune befand sich auch der Pole. Sofort wurde der Landjägerposten Schenefeld benachrichtigt. Die herbeigerufenen Polizisten sperrten den Tatort bis zum Eintreffen der Kriminalbeamten aus Itzehoe ab. Der Täter soll keinen Widerstand geleistet und einen verwirrten Eindruck gemacht haben.

Dorfbewohner berichten, dass sich vor der Scheune viele Menschen drängten. Bald kamen auch der Vater und ein Bruder hinzu. Sie hatten schon nach dem Mädchen gesucht. Als die Kriminalassistenten und der Amtsarzt gekommen waren, ließ man für kurze Zeit die Familienangehörigen in die Scheune. Man kann sich das Leid ausmalen. Die Ermittlungen dauerten über eine Stunde. In Tücher eingeschlagen, wurde das Mädchen danach zur Untersuchung nach Itzehoe gefahren. Am Freitag soll auf dem Schenefelder Friedhof die Beerdigung stattfinden.

Nur mit größter Mühe war es den Polizeikräften gelungen, den Polen in das Dienstautomobil zu brin-

gen. Die Angehörigen der Toten und andere Dorfbewohner bedrängten den Abtransport und wollten an Ort und Stelle Gerechtigkeit schaffen. Augenzeugen schilderten unserer Zeitung den Verhafteten als schmächtig, er habe geweint und gehinkt. Nach Erlass des Haftbefehls befindet er sich im Gerichtsgefängnis in Itzehoe.

Die Tote wäre im Dezember 19 Jahre alt geworden. Schulkameradinnen und Dorfbewohner schildern sie als fröhlich und arbeitsam. Nach dem tragischen Tod der Mutter vor zwei Jahren musste sie schon die ganzen Pflichten einer Bäuerin erfüllen und auch Vater und Brüder versorgen. Die Rehders sind eine eingesessene und angesehene Familie. Vater und Sohn betreiben den Hof, ein anderer Sohn arbeitet in einer Ziegelei. Wir hören, dass sie sich auch für Landvolkinteressen einsetzen.

Das schlichte Bauernhaus der Familie am Ortsrand war seit Montag von vielen Menschen zum Trostspenden aufgesucht worden.

Das kleine Dorf wird von einer Landstraße geteilt. Auf der einen Seite Bauernhöfe, auf der anderen das Gut.

Als Saisonkräfte auf dem Gut sind von Frühjahr bis Herbst seit Jahren etwa ein Dutzend polnische Landarbeiter eingesetzt. Sie wohnen gemeinsam in einem früheren Stallgebäude. „So etwas" hätte keiner der befragten Dorfbewohner den Polen zugetraut. Allgemein spricht man von vermehrten Diebstählen, wenn die fremden Landarbeiter da sind. Man habe sich aneinander gewöhnt, sehe sie aber lieber ziehen. Das Gut habe sie ins Dorf geholt.

In der Gutsverwaltung sagt man uns, es gibt keine Schwierigkeiten. Die Polen würden ordentlich arbeiten. Nach dem Mädchenmord wurden sie erst einmal auf den Feldern außerhalb der Gemeinde eingesetzt. Zu dem Verhafteten gibt es wenig Auskünfte, seine Papiere waren in Ordnung. Er ist demnach 21 Jahre alt.

Eine große Beerdigung wird Ende der Woche zu erwarten sein. Noch nie wurde in Warringholz oder der Umgebung in den letzten Jahrzehnten ein junges Leben durch eine solche Untat ausgelöscht. Neben der Fassungslosigkeit sieht man auf den Gesichtern der Frauen und Mädchen auch Angst.

„Das ganze Dorf ist erschüttert und trauert. Für so was gibt es nur eine Strafe", sagte Bürgermeister Walter Holm. Die Redaktion erreichten auch ähnliche Stellungnahmen von Vereinen und Parteien bis hin zum Provinziallandtag in Kiel.

Die Itzehoer Staatsanwaltschaft werde zügig anklagen, wie wir von ihrem Leiter erfuhren. Möglicherweise kann schon in einigen Wochen mit einem Prozess vor dem Schwurgericht gerechnet werden. Dann kann dem Mann ins Auge gesehen werden, der ein junges Leben auslöschte und Leid und Angst über einen ganzen Landstrich brachte.

Fotos der Scheune und des Rehderschen Hofes illustrieren den Text. Der Redakteur Arno Nolte hat ihn geschrieben.

2

Elses Tod bewegt die ganze Gegend.

Schnell entstehen Geschichten. Die Kinder auf den Schulhöfen geben sie weiter, auf dem Feld wird darüber gesprochen, in den Gastwirtschaften und den Küchen. Viehhändler bringen sie über den Kaiser-Wilhelm-Kanal, mit den Bauernmärkten kommen sie bis nach Heide und Rendsburg.

Ganz nackt sei die Tote gewesen. Furchtbar verstümmelt. Am Ende schweren Leidens wurde sie aufgeknüpft am Dachbalken. Geschlachtet wie ein Vieh. Der Scheunenboden war voller Blut. Es war ein Ritualmord, ein Notzuchtverbrechen, es waren noch mehr Morde geplant.

Der *Scheunenmord* heißt das Geschehen von nun an in den Zeitungen.

Die Leute sagen: „Amtlich hört man ja nichts. Die Behörden sagen wohl nicht alles. Im Prozess, da wird man sehen.

Und schnell muss der kommen, und kurz muss der sein.

Der Polacke hat sein Leben verwirkt.

Über die Familie Rehder ist neues Unglück gekommen. Ein Onkel der Toten war nicht aus dem Weltkrieg heimgekehrt. Ein Kind stirbt im Wochenbett. Dann die Mutter, an verschleppter Blutvergiftung, dann die einzige Tochter. Und auf solche Weise."

Dazu kommt die Not, die mit vielen geteilt wird. Eine schlechte Ernte im zweiten Jahr, billige Auslandsimporte und Wirtschaftskrise drücken die Bauern. Millionen Arbeitslose können wenig kaufen. Der Hof ist überschuldet. Harte Arbeit bringt wenig ein. Die Steuerlast drückt. Die Not betrifft viele und will ein Ventil.

Als der Bauer Claus Heim aus St. Annen in Dithmarschen 1928 zum Steuerboykott aufrief und im ganzen Land Aufmärsche stattfanden, Zwangsversteigerungen gewaltsam verhindert wurden und Bomben in Finanzämtern explodierten, standen Wilhelm Rehder und sein ältester Sohn Klaus nicht abseits. Oft hört man von den Leuten: Die Regierung im fernen Berlin habe nichts zu bieten als Übel. Den Bauernstand würden Bonzen, Kapitalisten, Juden und das Versailler Diktat niederhalten. Das Landvolk organisierte sich, wie anderswo entstand auch in der Steinburger Gegend eine Notgemeinschaft. Die Gewalt ist ein legitimes Mittel für diese Leute geworden, und viele in Stadt und Land sehen wohlwollend zu.

Gut erinnert man sich in den Dörfern an das, was am 5. März 1929 geschah.

An diesem Tag wurde ein Steuerboykotteur aus Schenefeld von der Staatsgewalt in das Gefängnis in Hohenwestedt gebracht. Der Malermeister sollte seine Schuld an das Finanzamt zahlen oder den Offenbarungseid ablegen. Gegen ein Uhr nachts trafen vier Autos mit 19 Mann dort ein. Einige waren mit Knüppeln bewaffnet, hatten die Gesichter geschwärzt oder trugen Masken. Sie brachen die Tür auf und verlangten den Gefangenen heraus. Erst Schüsse des einzigen Wachtmeisters schlugen sie in die Flucht.

Es wurde ermittelt. So etwas hatte es zuvor noch nicht gegeben. Der Staat wollte sich nicht schwach zeigen, konnte dies auch nicht, ohne jede Autorität einzubüßen. Der Itzehoer Autovermieter nannte der Polizei später erste Namen. Nun begannen Verhaftungen und Durchsuchungen, einige redeten bei den Verhören. Auch beide Rehders kamen wegen des Überfalls auf die Anklagebank und mussten nach dem Urteil des Rendsburger Gerichts jeweils vier Monate im Gefängnis sitzen.

Die Not blieb. Die Landvolkbewegung verlor an Einfluss. Die nationalsozialistische Partei profitierte davon. Ihre Agitatoren fanden überall im Land in den Dörfern und den kleinen Städten Gehör, ihr Stimmenzuwachs bei Wahlen war außerordentlich.

Vater Rehder wurde nach der Haft und dem Verlust seiner Frau verbitterter, aber auch ruhiger. Sein Sohn nicht.

Klaus Rehder trägt einen schwarzen Mantel, als er die Kirche zur Beerdigung seiner Schwester betritt. Darunter erkennt man langschäftige, blankpolierte, schwarze Stiefel. Die Schenefelder Bonifaciuskirche ist voll besetzt, einige Menschen müssen an der eichenen Eingangstür warten. Vor dem Altar steht der blumengeschmückte Sarg. Der Pastor predigt von der Unschuld jungen Lebens und über den Satz *Auge um Auge, Zahn um Zahn*. Die Gemeinde singt *Jesus geh voran auf der Lebensbahn* und *Ein feste Burg ist unser Gott*.

Als der Pastor den Sarg und dahinter als erstes Vater, Brüder und Großeltern auf den Friedhof führt, zieht Klaus Rehder den Mantel aus. Er trägt die graubraune Uniform der nationalsozialistischen Bewegung mit Koppel und der roten Hakenkreuzbinde am Arm.

An der Familienruhestätte spricht der Pastor das Vaterunser. Der Sarg wird neben dem Grab der Mutter eingelassen. Unter Tränen tritt der Vater als erster vor und wirft Sand in die Grube, wie es der Tradition entspricht. Dann kommen die Brüder.

Klaus Rehder wirft Sand und sagt leise: „Mien Lütten, de Dübel, de dat mookt het, de is ok dot."

Mit lauter Stimme und sich umdrehend ruft er: „Dieser Mord bleibt nicht ungesühnt. Es gibt nur eine deutsche Antwort: Blut für Blut."

Ist ein solches Verhalten am offenen Grab auch ungewöhnlich, so erreicht es doch die Empfindungen der Menschen. Klaus Rehder erhält tränenreiche Blicke und feste Händedrücke beim Kondolieren. Keine Zeitung versäumt später, über seinen Auftritt zu berichten.

Am Friedhof endet die Beerdigung aber nicht. Ein Strom von Menschen zieht weiter auf ein am Marktplatz gegenüber der Kirche gelegenes Gebäude – Boyens Gasthof – zu. *Fellversupen* nennt man im Volksmund die Kaffeetafel von Angehörigen, dem Pastor und Trauergästen. Eigentlich soll sie dem letzten Gedenken dienen und die Möglichkeit eröffnen, Trost und Hilfe den Hinterbliebenen zu geben. In Wirklichkeit geht es bei solchen Treffen mit Kaffee und Kuchen, aber auch schon mit manchem harten Getränk für die Männer, geräuschvoll und manchmal aufgekratzt-lustig zu. Trauer und Anspannung schaffen sich so ein Ventil. Heute natürlich, bei dieser Tragödie, bleibt es im Saal des Gasthofes, der für über 100 Gäste eingedeckt ist, ruhig.

Arno Nolte schließt sich dem Weg zum Gasthof an. Die Kamera hat er mit dem jungen Volontär per Bus in die Redaktion nach Itzehoe geschickt. Die Bilder sollen seinem Artikel die nötige Würze geben, besonders die vom Bruder in der Uniform, mit dem flammenden Ausbruch am offenen Grab. Diese Fotografien hat er – von schräg-hinten aus einem Busch aufgenommen – vermutlich ganz exklusiv für die Itzehoer Nachrichten. Direkt an das Grab haben sich andere Redakteure und Fotografen in dem Augenblick nicht getraut. Nur er hat genügend Frechheit besessen.

Es war seine Geschichte geworden. Ihn rief sein Kontaktmann bei der Polizei Itzehoe noch am Tag des Leichenfundes in der Redaktion zuerst an. Er veröffentlichte darauf gestützt den ersten Bericht und fuhr am nächsten Tag nach Warringholz für eine große Reportage. „Ich habe den Begriff Scheunenmord erfunden, den jetzt alle benutzen", denkt er zufrieden, „jetzt muss ich nachlegen. Ich brauche Kontakt zu Elses Familie."

Vom Telefon in der Gaststube ruft Nolte als erstes den Chefredakteur der Zeitung an und teilt ihm ganz im Groben den wichtigsten Inhalt des Artikel und die voraussichtliche Länge mit. Er bekommt Seite 1 und eine Fortsetzung auf der ersten Lokalseite. Dort sollen auch die Bilder erscheinen. 18 Uhr ist sein absoluter Redaktionsschluss. Jetzt ist es erst kurz nach 2 Uhr. Das ist kein Problem. Sein Motorrad steht am Marktplatz, und auch Helm und der warme Kombianzug sind dort geblieben.

Der Menschenstrom treibt ihn mit in den Saal. Er setzt sich an einen der langen Tische, lässt sich lauwarmen Kaffee einschenken und isst von dem Blechkuchen, der aufgeschichtet auf großen Tabletts liegt.

Nolte sondiert die Lage. Er sitzt an einem der äußeren Tische und hat einen guten Überblick. Da, wo der Bruder in der Hakenkreuzuniform sitzt, da muss die Familie sein. In schwarzen Anzügen wohl Vater, ein weiterer Bruder und der Großvater. Der Pastor sitzt auch dort. Gelegentlich treten Trauergäste an die Rehders heran, aber nur wenige. Heute würde der Redakteur keine Kontaktaufnahme suchen. An Pietätlosigkeit hätte es ihm nicht gefehlt. Aber es ist jetzt nicht klug, und er kann auch warten.

Aber das *Fellversaufen* der Dorfleute soll auch nicht umsonst sein. Er will mehr wissen, und zum Reden kann er Leute nun mal bringen. Einige Tische weiter sieht er den Bürgermeister des Ortes. Guter Kontakt mit Amtspersonen ist wichtig. Er steht auf und geht zu Bürgermeister Holm. Nolte bedankt sich noch mal für die Auskunftsbereitschaft bei seinem Besuch im Dorf und erhält Dank für den großen Artikel in den Nachrichten. Es sei der beste aller Beiträge in den Zeitungen gewesen. Der Herr Redakteur sei im Dorf immer willkommen.

Nun setzt sich Nolte wieder auf seinen alten Platz, stellt sich dem Mann ihm gegenüber mit Namen und

Beruf vor und beginnt seine Frage mit: „Wie mir Bürgermeister Holm gerade sagte ...“.

So kommt man ins Gespräch und bald beteiligen sich viele am Tisch daran. Einmal setzt sich Nolte sogar an das obere Tischende, denn dort haben sich entferntere Verwandte von Else Rehder niedergelassen. Als er gegen drei mit seinem Motorrad die Landstraße entlang nach Itzehoe fährt, hat er nichts völlig Neues, aber doch so einiges gehört. Die Devise seines Berufslebens ist immer gewesen: Viele Pfennige ergeben eine Mark.

Die Redaktion der Itzehoer Nachrichten ist im dritten Stock des Pressehauses am Sedanplatz. Im zweiten Stock sind die Setzer, Korrektoren und der Verlag, und im Parterre kann man Anzeigen oder Druckaufträge aufgeben und die Jahrbücher und Kalender des Verlages erwerben.

Nolte kann schnell schreiben. Er hackt die Buchstaben in seine Schreibmaschine. Gelegentlich macht er eine kurze Pause und schnupft Tabak. Genug Zeilen hat er bekommen. Was wollen die Leute lesen? Wie viele Leute zur Beerdigung gekommen waren, wie der Sarg drapiert war, über den Gottesdienst in allen Einzelheiten, den letzten Gang und den Ausbruch des Bruders am offenen Grab mit dem Foto; noch einen Rückblick auf das grausige Geschehen und etwas Aktuelles. Sein offizieller Anruf bei der Kriminalpolizei ergibt aber keine neuen Entwicklungen.

Der Chefredakteur steht an Noltes Tisch und hat schon die ersten beiden Seiten abgenickt. „Gut, welchen Überschriftenvorschlag machen Sie?“ Das ist bei Hauptartikeln sein Privileg.

„Trauer und Wut bei Elses Beerdigung“, schlägt Nolte vor, während er noch tippt. Der Chefredakteur blickt für einen Augenblick in das Rund seiner Redaktion, in der an allen Schreibtischen gearbeitet wird. Dann sagt er: „Trauer und Zorn bei Elses bewegender Beerdigung. In mittelgroßem Fettdruck. In der Zeit sind wir ja. Gute Arbeit, Nolte. Dranbleiben.“

Dranbleiben ist selbstverständlich. Was für eine Geschichte. Nolte hat seine Seiten fertig und sie zum Setzen gegeben. Er weiß auch schon wie. Er will ein Gespräch mit der Familie. Bald soll das stattfinden, vielleicht für die nächste Wochenendausgabe, denn die hat am meisten Leser. Der Bürgermeister würde ihm helfen. Gut, der Bruder ist ein Hakenkreuzler, aber die übrige Familie trägt ja keine Uniform. Um das tote Kind muss es gehen. Er selbst ist so parteilos wie die große Mehrheit der Leserschaft und besonders die Anzeigenkunden des Blattes. Also nicht zuviel, am besten gar keine Politik.

Dann will er mehr über Else bringen. Ein Bild von ihr ist noch nicht veröffentlicht worden. Die Schwipp-Cousinen vom Leichenschmaus könnten eine wichtige Hilfe sein. Aber das Mädchen war doch auch zur Schule gegangen, war im Dorf bekannt, verlobt war sie wohl nicht gewesen. Er muss dafür noch einmal sein Motorrad nach Warringholz lenken, aber gut vorbereitet.

Und dann der Polacke. Ein Glücksfall. Ein deutscher Bauernbengel als Mörder oder ein geistig minderbemittelter Dorftrottel, das hätte auch Schlagzeilen gegeben. Ein Landstreicher als Täter wäre noch besser. Aber ein polnischer Erntehelfer, der schon Monate lauernd Tür an Tür mit dem späteren Opfer lebte, das war ein Glücksfall. Das ließ das Empfinden des Volkes und der Leserschaft hochschießen. Dieses Feuer will nur immer wieder entfacht werden.

Der Mörder würde einen großen Artikel bekommen. Wie er aussieht und was er der Polizei gestanden hat, dafür hat Nolte ein, zwei zuverlässige Quellen, auf die er sich verlassen kann. Er ist schließlich fast zwanzig Jahre in dieser Stadt im Geschäft. Dann wollen die Leute wissen, welchen Tagesablauf hat der Mörder im Gefängnis, was tut, was sagt er und vor allem: leidet er? In das Gefängnis sind zwar Noltes Kontakte nicht so gut wie zur Polizei. Aber auch dort gibt es einen Tippgeber aus der Verwandtschaft seiner Ehefrau.

Er ist jetzt 43, und es sind schlechte Zeiten. Noch hat er eine feste Anstellung mit regelmäßigem Wochenlohn. Doch in der Krise sparen die Menschen auch an einer Zeitung, und wem der Konkurs droht, der inseriert nicht mehr. Zwei jungen Redakteuren wurde gekündigt, und nun können sie nur noch als freie Mitarbeiter Artikel einreichen und werden mit einem Pfennig pro Zeile bezahlt. Zum Leben zu wenig, zum Sterben zu viel. Nicht mit Arno Nolte.

Viele Pfennige ergeben eine Mark. Bei der freundlichen Frau in der Gutsverwaltung durfte er das Arbeitsbuch des Polen einsehen. Alles in Ordnung. Er schrieb sich aber für alle Fälle auch die Eintragung für 1930 heraus. Arbeitserlaubnis im Deutschen Reich vom 1. März bis 31. Oktober. Arbeitsort war Gut Behrenshof in der Gemeinde Bellin. Das war am Stettiner Haff in Vorpommern.

Die größeren Orte in dieser Region mit Zeitungen waren Stettin, Anklam und Ueckermünde. Dort will er mal anfragen, ob es vom Frühjahr bis Herbst vergangenen Jahres ein verschwundenes Mädchen gab oder einen Frauenmord, also unaufgeklärte Fälle.

3

Namen. Räuspern. Zahlen.

Amtsgerichtsrat Haage quält sich. Seit einer Stunde verliest er an diesem Oktobermontag die ganzen Lohnlisten einer Zementfabrik für das Jahr 1930. 66 Namen der Arbeiter, ihre Lohnhöhe und den Namen des Auszahlenden. Vier Wochenlöhne pro Monat macht 48 Listen.

Verhandelt wird der Vorwurf der Untreue gegen einen Lohnbuchhalter und einen Angestellten der Firmenkasse. Die Anklage wirft ihnen vor, Abrechnungen gefälscht und sich den zuviel gezahlten Lohn von 2800 Reichsmark in die eigene Tasche gesteckt zu haben. Eine unglaubliche Summe, denn ein Arbeitsloser erhält in jener Zeit nur gut 600 RM pro Jahr für sich und seine Familie.

Auch am zweiten Verhandlungstag im Itzehoer Amtsgericht bleibt die Sache undurchsichtig. Der Lohnbuchhalter beruft sich auf Personalunterlagen von 66 Arbeitern, und der Kassenführer will ebenso viele Auszahlungen quittiert bekommen haben. Den Fehlbetrag hat die interne Revision aber ergeben.

Dass es sich bei den Angeklagten um bislang unbescholtene Familienväter handelt, macht die Sache für Richter Haage nicht leichter. Er ist beim Monat November angekommen, und es geht auf 12 Uhr zu. Der Zuschauerraum ist leer. Der Protokollführer ist in Ruheposition und der junge Staatsanwaltschaftsassessor kennt die Listen schon aus der Akte. Die Angeklagten zwingen sich zur Aufmerksamkeit.

Rechtsanwalt Johannes Blum malt Boote in seinen Schreibblock und versucht sich an Pferden. In Gedanken spielt er die beiden Schachpartien nach, die er gestern, wie an jedem Sonntag, gegen einen Freund geführt hat. Auch er kennt die Listen von der Akteneinsicht. Die Strafprozessordnung verlangt aber die Verlesung in öffentlicher Verhandlung. Gleich ist der Sitzungstag beendet, denn Haage hat Grundsätze, und dazu gehört ein pünktliches Mittagessen. So ist es. Vertagung auf kommende Woche. Ein Händedruck mit den Klienten. Aufmunternde Worte für sie. Der Prozess geht noch länger, bezahlt wird jeder Verhandlungstag.

Blums Mittagstisch ist immer um eins. Er geht noch in sein nahegelegenes Büro.

Die von seiner Sekretärin, Clara Hansen, auf seinem Schreibtisch verteilte Tagespost wartet auf ihn, seine Nachmittagssprechstunde beginnt erst um drei.

Ein Gnadengesuch ist abgelehnt worden, eine lang erwartete Anklageschrift eingegangen, die Ladung zu einer Berufungsverhandlung gekommen. Blum arbeitet als Strafverteidiger. Fälle wie eben oder Körperverletzung, Beleidigung, Raub. Er tritt Menschen vor Gericht zur Seite, die eines Vergehens angeklagt sind. Selten, dass er mal in anderen Rechtsgebieten ein Mandat erhält. Manche Kollegen finden seine Fälle etwas anrüchig, aber er nicht. Vertragsauslegungen, Streit um kleine Geldsummen, Mietprozesse, Ehescheidungen, das wäre nichts für ihn.

Er hat sich in den letzten Jahren ein Renommee erarbeitet. Menschen suchen seine Kanzlei auf. Wirtschaftlich geht es einigermaßen, auch wenn die Lage allgemein immer schlechter wird.

Ein Beschluss vom Itzehoer Schwurgericht über eine Offizialverteidigung ist gekommen. Nicht zum ersten Mal soll er für einen mittellosen Beschuldigten, dem eine schwere Tat vorgeworfen wird, als gerichtlich bestellter Verteidiger tätig und dafür aus der Staatskasse bezahlt werden. Nicht gerade lukrative, aber in diesen schwierigen Zeiten sichere Gebühren. Sein neuer Klient ist Smucek, Walerjan, geboren am 3. März 1910. Vorwurf des Mordes, inhaftiert im Gerichtsgefängnis Itzehoe.

Der Pole, der die Bauerntochter gehängt hat.

Pünktlich um eins ist Blum im Gasthaus Laage. Der Tisch wie immer, Peter von Brixen sitzt dort schon, und von Fräulein Gerda gibt es ein Lächeln und die Standardfrage an ihn lautet: „Das Tagesgericht, Herr Doktor?"

Brixen ist Blums ältester Freund, seit sie gemeinsam Sextaner an der Kaiser-Karl-Schule waren. Heute sind sie Mitte dreißig und Rechtsanwälte in ihrer Geburtsstadt. Itzehoe hat gut 10000 Einwohner, ein wenig Industrie und Gewerbe und einen kleinen Binnenhafen. Wirtschaftliche Not hat aber auch hier nach der Weltwirtschaftskrise von 1929 Einzug gehalten.

Die Unterschiedlichkeit ist die Basis der Freundschaft. Brixen ist aus verarmtem Adel, hat aber reich geheiratet, Blums verstorbener Vater war Tischler. Brixen hat eine Ehefrau und zwei Söhne, Blum ist unverheiratet. Brixen liebte Latein und Blum Geschichte. Blum zog als Freiwilliger in den Krieg des Kaisers, und Brixen war mit seinem Gelenkleiden nur garnisonstauglich und blieb zu Hause. Der eine ist seit der Schulzeit „Blumi" und der andere wegen seines Gehfehlers „Ente".

Ganz verschieden sind auch ihre beruflichen Spezialisierungen. Gemeinsam haben sie aber unter anderem seit Jahren ihr rituelles Mittagsmahl. Heute gibt es Rouladen, Rotkohl und Salzkartoffeln.

Brixen ist ein gesuchter Scheidungsanwalt der besseren Kreise der Kleinstadt. Für amüsante Geschichten lockert er gerne seine anwaltliche Schweigepflicht. Auch Blum spricht mit ihm über seine Fälle.

Zwischen den beiden sind auch Kollegen und Richter gerne ein Thema, bevorzugt der Junior aus der Kanzlei Löhring und Löhring.

Während der Vater angesehener Vorsitzender des Anwaltsvereins ist, ist der Sohn ein ausgemachter Trottel und ein Intimfeind des eigentlich gemütlichen Brixen. Eine alte Geschichte aus dem Gymnasium. Blum ist nie dahintergekommen, was für eine.

„Haben Deine beiden Betrüger aus dem Lohnbüro endlich gestanden?“ Brixens Frage bezieht sich auf den heutigen Prozess. Er vertritt das Zementunternehmen und hat Blums Klienten fristlos gekündigt.

„Werden sie auch nicht“, entgegnet Blum. „Und nach dem Freispruch kommen sie bei Euch wieder in Lohn und Brot.“

Die Freunde haben viele Themen.

Den Abschuss des Essens bilden immer starker Kaffee, Weinbrand und Zigaretten.

„Man hat mir die Offizialverteidigung von dem Polen in der Sache mit dem Scheunenmord vor einigen Wochen gegeben.“

Brixen pfeift anerkennend. „Viel Publikum ist wohl garantiert. Aber eigentlich ist das doch nur Sterbebegleitung für den Polen. Das Urteil steht doch wohl fest, oder? Verdient hat er es jedenfalls.“

„Ich hab ihn noch gar nicht gesprochen. Mach ich diese Woche. Ich kenne auch nur die Zeitungsberichte. Ein hoffnungsloser Fall ist das natürlich schon und nicht sehr angenehm.“

„*Morituri te salutant.*“ Brixen liebt seine lateinischen Zitate. Dieses kennt auch sein Freund: „Die Todgeweihten grüßen Dich.“

4

Gefängnisgeruch.

Kohlsuppe, Scheuermittel und kalter Rauch dringen bis in das Besuchszimmer im Eingangsbereich des kleinen Gefängnisses. Blum steckt sich eine Zigarette an und breitet auf dem Tisch einige Schriftstücke aus. Eine Abschrift des kurzen Haftbefehls hat man ihm in der Geschäftsstelle des Gerichts im Nachbargebäude ausgehändigt. Die Akte war noch nicht verfügbar. Laute Schlüsselgeräusche deuten an, dass der Wachtmeister seinen Klienten aus der Zelle holt. Schritte kommen näher. Die Tür wird geöffnet. Der beleibte Beamte führt den Gefangenen herein und bleibt vor der Tür.

Walerjan Smucek steht militärisch stramm und hält den Kopf gesenkt. Die gestreifte Gefängnisjacke ist an beiden Armen viel zu lang. Die Hose scheint zu passen.

„Guten Tag. Ich bin Dr. Blum und wurde zur Ihrem Anwalt bestellt. Setzten Sie sich, damit wir uns unterhalten können.“

Keine Reaktion. Aber der Kopf hebt sich. Smucek hat gerötete Augen, die ängstlich blicken und keinen Punkt finden. Seine schwarzen Haare sind wirr. Er ist seit Tagen nicht rasiert und schweigt.

Blum macht eine einladende Geste zum freien Stuhl ihm gegenüber.

„Sprechen Sie deutsch?"

„Smucek, Walerjan, Pan."

„Können wir deutsch sprechen?" Blum spricht ganz langsam.

Der Pole schüttelt leicht den Kopf. Seine Grundstellung hat er nicht verändert.

Blum öffnet die Tür. „Wie ist die Verständigung hier im Gefängnis?", fragt er den Wachtmeister. „Irgendwie geht das, aber sprechen habe ich den noch nie gehört", antwortet der Beamte von draußen.

„Ich werde mit einem Übersetzer wiederkommen, so geht das nicht. Sie können ihn jetzt wieder wegbringen."

Der Wachtmeister schüttelt sein Schlüsselbund und führt Smucek aus dem Raum.

Als Blum durch die Gefängnispforte gegangen ist, fällt ihm ein, dass er seinem Klienten nicht die Hand gegeben hat.

Im Büro bittet er seine Sekretärin, bei der Kriminalpolizei in Erfahrung zu bringen, wer dort die Übersetzung besorgt hatte. Dann kann man weitersehen. Wenigstens einmal muss er noch in das Gefängnis gehen.

5

„Ach, Blum, gut Sie zu sehen."

Oberstaatsanwalt Dr. Wilhelm Panek, hochgewachsen, glatzköpfig, aber nicht ohne natürliche Autorität, trägt seine schwarze Robe auch auf dem Flur des Itzehoer Gerichtsgebäudes, in dem alle Prozesse stattfinden und auch die Staatsanwaltschaft ihre Amtsräume hat. Blum hat seine Amtstracht noch im Sitzungssaal ausgezogen und sich gerade von seinem Klienten verabschiedet, dem er in der Berufungsverhandlung eine geringere Strafe verschaffen konnte.

„Ich möchte kurz mit Ihnen sprechen, in der Polensache. Unter uns, nicht offiziell." Panek lotst Blum in eine Ecke des Flurs.

„Auf meinen Antrag hin wurden Sie zum Offizialverteidiger bestellt. Diffizile Sache, habe gleich an Sie gedacht. Waren Sie schon im Gefängnis?"

Blum nickt. „Nur kurz."

„Unsere Anklage ist fertig und wird Ihnen vom Gericht in den nächsten Tagen zugestellt. Die Akte steht auch bereit. Das Schwurgericht wird im Oktober den Prozess beginnen können."

Blum nickt erneut.

„Wir klagen wegen Mordes an. Die Fakten sind eindeutig, das Geständnis liegt vor. Wir werden die Todesstrafe beantragen. In diesen Zeiten, bei dieser Tat ist das notwendig.

Unter uns Kollegen, auch das preußische Justizministerium ist aufmerksam geworden und hat unserer Behörde *carte blanche* gegeben."

Panek fixiert Blum durch seine Brille, senkt leicht die Stimme.

„Weiß nicht, wie Sie dazu stehen, aber die Höchststrafe ist geltendes Recht in Deutschland.

Die Irritationen mit der vorübergehenden Aussetzung sind vorbei. Reichsjustizminister Emminger hat richtig gesagt, die Gefühlsduselei gegenüber Mördern muss aufhören."

Diesmal nickt Blum nicht.

„Vor zwei Monaten ist es dann ja auch zur ersten Vollstreckung seit Jahren in Preußen gekommen, der Fall Kürten, Sie erinnern sich, die Zeitungen waren voll davon."

Blum erinnert sich. Kürten hatte acht Menschen ermordet und es zur Presseberühmtheit gebracht. In Düsseldorf wurde er zum Tode verurteilt und hingerichtet.

Panek ist noch nicht fertig.

„Zurück zu unserem Fall. Keine leichte Sache für Sie, nicht zu vergleichen mit unserem Giftsuppenfall. Gehen Sie auf § 51 oder stellen Sie danach ein Gnadengesuch, vollstreckt wird ein Todesurteil ja kaum noch. Man verlässt sich auf Sie. Bei Bedarf nehmen Sie jederzeit Kontakt mit mir auf."

Panek klopft Blum fast jovial auf die Schulter. Das hatte er noch nie getan. Dann geht er.

Beim Giftsuppen-Prozess vor drei Jahren waren sich die beiden erstmals im Gerichtssaal begegnet. Ein kühl-unnahbarer Oberstaatsanwalt, der auf die Pensionierung zugeht, und ein junger Verteidiger.

Blums Klientin hatte ihren Ehemann mit Rattengift, aufgelöst in einer Suppe, umgebracht. Das Opfer war Melker beim Grafen Rantzau auf Schloss Breitenburg und ein sadistischer Tyrann für Ehefrau und fünf Kinder. Blum hatte die Angeklagte das Martyrium der Familie in allen Einzelheiten schildern lassen. Er fand auch Zeugen für das unbeherrschte Wesen und die Trunksucht des Mannes. Die einfache Frau hatte keinen Ausweg mehr gewusst und auch ihre älteste Tochter schützen wollen, der der Vater nachstellte.

Schwurgericht und auch Panek zeigten sich verständnisvoll. Aus der Mordanklage wurde eine Verurteilung zu vier Jahren Zuchthaus wegen Totschlags im Affekt. Nach drei Jahren kam die Entlassung aus der Haft. Der Prozess hatte große Aufmerksamkeit in der Gegend gefunden und Blums Ruf als guter Anwalt nachhaltig gefördert. Die Todesstrafe wurde allgemein für die Frau als ungerecht angesehen.

In der Polensache sah es vollständig anders aus. Die Mordanklage konnte nicht überraschen. Paneks Hinweis auf § 51 des Strafgesetzbuchs hätte Blum nicht gebraucht. Ist sein Mandant bei der Tat geistig umnachtet gewesen, kann er nicht bestraft werden. Das lernt man an der Universität.

Und dass in den letzten Jahren durch Gnadenakte kaum noch Todesurteile in Deutschland tatsächlich vollstreckt und meistens in lebenslange Haft verwandelt worden waren, wusste er auch.

Es wurde Zeit für seine nächste Sitzung bei Amtsgerichtsrat Haage im Erdgeschoss. Der Prozess mit den Angeklagten aus dem Lohnbüro zog sich hin.

6

Schwester Danuta wartet wie vereinbart am Tor des Gefängnisses. Es ist kurz nach 9 Uhr.

Es war schwierig gewesen, einen Übersetzer für die polnische Sprache zu finden. Beim Verhör der Polizei und Smuceks späterer Vorführung vor den Haftrichter war keiner zugegen. Das hatte Blums Sekretärin schnell herausgefunden. Blum war von der Tatsache überrascht. Wie konnte das gehen? Das polnische Konsulat in Hamburg hatte nur eine Adresse aus der Hansestadt. Das war teuer und weit.

Dann wurde Danuta Kuron gefunden. Sie ist die polnischstämmige Ordensschwester der kleinen katholischen Gemeinde in Itzehoe. Als junge Frau war sie nach Holstein gekommen, als mit den vielen polnischen Arbeitern beim Bau des Kanals zwischen Elbe und Ostsee auch ein kleiner Aufschwung der katholischen Kirche begann. Sie wusste, wofür sie gebraucht wurde, und willigte ein. Das Gericht hatte ihrer Übersetzungshilfe zugestimmt.

„Guten Morgen, vielen Dank, dass Sie gekommen sind.“ Blum schüttelt ihre Hand.

Er sagt kurz „Moin“ zum Torposten und sie „Grüß Gott“. In Schwesterntracht kommt nie jemand hierher. Der Beamte blickt ihr lange nach.

Beide betreten das einzige Zimmer in dem zweigeschossigen Gefängnisbau, das für Besuche und Anwaltsgespräche vorgesehen ist.

Blum packt seine Unterlagen aus. Wegen des missbilligenden Blickes seiner Übersetzerin verzichtet er auf eine Sanoussi und steckt die Zigarettenpackung wieder in seine Anzugjacke. Der Raum ist klein, fensterlos, unsauber und riecht stark nach abgestandenem Rauch.

Schlüsselgeräusche.

Der Gefangene wird hereingeführt. Blum bittet darum, ihn vorzustellen und nach dem Befinden seines Klienten zu fragen.

Nach den ersten polnischen Worten greift Smucek die Hand von Schwester Danuta und küsst sie.

Seine ersten Sätze spricht er im Stehen. Er atmet schwer. Schwester Danutas ruhige Stimme veranlasst ihn, sich auf den dritten Stuhl zu setzen.

Auf polnisch geht es zwischen den beiden hin und her.

Blum schaut. Sein Klient trägt übliche Gefängniskleidung. Die schwarzen Haare liegen immer noch wirr. Das Gesicht ist bartlos, außer auf der Oberlippe. Beim Sprechen ist Smuceks ganzer Oberkörper in Bewegung. Er ist nicht sehr groß, aber kräftig.

Blum wartet einige Zeit. Das ist jetzt nötig. Er hat noch nie mit einem Klienten über einen Übersetzer reden müssen. Sie sprechen im Normalfall mit ihm hochdeutsch und manchmal den plattdeutschen Dialekt der Gegend, den Blum als Stadtkind aber nicht so gut kennt.

Dann sagt er:

„Hat er verstanden, wer ich bin?“

„Er glaubte beim ersten Besuch, Sie seien ein Polizeibeamter. Er hatte noch nie mit einem Gericht oder Anwalt zu tun gehabt.“ Die Übersetzungsstimme ist ruhig und hat einen hörbaren Akzent.

„Ich glaube, er weiß auch nicht, was ein Anwalt ist. In Polen kennt man in den Dörfern nur seinesgleichen und den Priester. Männer mit Anzug und Krawatte sind Obrigkeit, vor denen die Mützen abgenommen werden. Niemals lassen die sich aber zu einem Gespräch mit einem armen Bauernjungen herab.“

Blum begreift. „Sagen Sie ihm ...“. Das weitere ist nicht so leicht in einfache Worte zu fassen. „Sagen Sie ihm, in Deutschland bekommen Menschen im Gefängnis einen Anwalt als Helfer, wenn sie in großen Schwierigkeiten stecken. Helfen kann er aber nur, wenn ihm die Wahrheit gesagt wird.“

Glücklich ist Blum mit dieser Stehgreifformulierung nicht. Sie wird aber übersetzt, und Smucek blickt ihn skeptisch an.

„Fragen Sie ihn jetzt bitte“, sagt Blum, „ob er weiß, wo er hier ist und warum.“

„Er hat mir gesagt, dass er im Gefängnis ist wegen Elsa und dass er um einen Priester für die Beichte bittet.“

Schwester Danuta legt Smucek kurz die Hand auf seinen Arm, um ihn zu beruhigen. Er hat die Fäuste an die beiden Kopfseiten gedrückt und holt keuchend Luft.

„Der Junge hat mir seinen Namen gesagt und wo seine Familie lebt. Er fragte, ob ich ganz aus der Heimat hierher zu ihm gekommen bin. Er sprach von großer Schuld, dass etwas Schreckliches passiert ist, deshalb will er beichten."

„Schwester, sagen Sie ihm, man hat ihn eingesperrt, weil er Else Rehder getötet haben soll. Was sagt er dazu?"

Blums Frage wird übersetzt.

Der Klient spricht jetzt direkt zu seinem Anwalt. Sehr eindringlich. Für Blums Ohren mehrmals mit den gleichen Wörtern.

Schwester Danuta schaut Blum verwirrt an.

„Vielleicht ist mein Deutsch nicht ausreichend genug. Aber die Worte sind: Ich bin schuldig, aber ich habe Elsa doch nicht totgemacht. Das hat der Junge nun mehrfach gesagt."

„Hier steht", Blum nimmt den Haftbefehl, „er hat am 7. September Else mit einem Strick in einer Scheune in Warringholz an einem Dachbalken erhängt."

Die Übersetzung folgt. Smucek ruft auf deutsch: „Nein, nein, nein!" Dann spricht er erregt auf polnisch weiter.

„Er sagt: Ich bin schuld an ihrem Tod, aber ich habe sie nicht gehängt." Schwester Danuta blickt Blum an.

Zur inneren Festigkeit greift sie an das silberne Kreuz vor ihrer Brust. Blum hätte gern Halt in einer Sanoussi gefunden.

Er blickt in das Gesicht seines Klienten und sagt: „Erzählen Sie uns, was in der Scheune geschehen ist, ganz ruhig und langsam."

„Wir haben uns in der Scheune schon einmal zuvor getroffen. Dort stehen nur Maschinen und Fässer, die nicht oft benutzt werden. Am Sonntagnachmittag haben wir uns unsere Zeichen gemacht. Abends bin ich von unserer Baracke aus hingegangen und habe gewartet. Dann ist Elsa gekommen. Wir haben beide viel geweint. Es war wegen der Sünde." Smuceks Augen werden feucht.

Priester, Beichte, Sünde und weinende Klienten ist Blum nicht gewöhnt. Er ist evangelisch und will die Wahrheit.

„Sie haben sich mit dem Mädchen verabredet? Woher kannten Sie Else so gut?"

Der junge Pole redet lange und spricht fester. Er stöhnt oft. Für eine Übersetzungspause legt ihm die Schwester immer die Hand auf den Arm.

Im Frühjahr war die ganze polnische Kolonne auf dem Gut angekommen. Nach Ostern fand im Dorf ein Fest statt. Männer auf Pferden machten einen Wettkampf. Es gab Stände mit Speisen und Getränken. Dort hatte er Elsa das erste Mal gesehen. Später öfter im Dorf. Sie hatten sich angeschaut. Abends musste sie einige Milchkühe von der Hausweide zum Melken in den Stall bringen. Immer zur selben Zeit. Er stand jedes Mal in der Nähe. Er schnitzte für sie aus Holz ein Pferd und legte es auf einen Pfosten des Gatters. Am nächsten Tag lagen dort zwei Äpfel. Die hat er genommen. Dann zwei Birnen für eine polnische Münze. Dann war ihr eine Kuh weggelaufen, und er konnte sie zurückbringen. So hatten sie zum ersten Mal miteinander gesprochen und sich mit ihren Namen genannt. Und dann hatten sie sich öfter heimlich getroffen, am Badesee, in dem Wald daneben, im Moor am Dorfrand, auch in der Scheune. Immer sehr vorsichtig. Er sah auch ihren Vater und ihre Brüder.

Blum hat die ganze Zeit geschwiegen. Und überlegt. Einerseits ist im Gesicht des jungen Polen und der Art, wie er spricht, etwas Wahrhaftiges. Andererseits stimmt etwas auch nicht. Wie hat er sich mit ihr verständigt, wenn er sogar ihren Namen nicht richtig sprechen kann.

„Wie haben Sie mit Else gesprochen?", fragt Blum deshalb.

„Gut, gut", sagt Smucek auf deutsch. „Kuss, Elsa, Kuss Walek, lieb." Er strahlt, Schwester Danuta errötet.

Junge Leute, Sommer, Pferdchen und Äpfel, dafür sitzt Blum nicht hier. Jetzt wird es entscheidend.

„Warum ist Else tot?"

Nach der Übersetzung fällt Smucek wieder in sich zusammen. Der Kopf ist gesenkt, der ganze Oberkörper bewegt sich hin und her. Er spricht leise.

Blum hört zu. Schwester Danuta stöhnt mittendrin auf und bekreuzigt sich. Sie redet auf Smucek ein. Der nickt und schweigt.

„Man traf sich. Es wurde eröffnet, dass das Mädchen gesegnet ist." Das ist die ganze deutsche Übersetzung. Die Schwester sieht den Anwalt an. Blum sieht die beiden Polen an.

„Sie meinen schwanger", er macht die Bewegung eines gewölbten Bauches. Sein Klient nickt.

Innerhalb von Sekunden nimmt Blum eine Sanoussi aus der Packung, entzündet sie mit einem Streichholz und bläst den ersten Rauch aus.

„Was passierte dann? Bitte alles übersetzen."

Smucek windet sich. Er spricht stockend. Die Schwester bekreuzigt sich wieder mitten drin. Blum hält es nicht mehr aus.

„Was hat er gesagt?"

„Beide waren sehr verzweifelt. Er ist arm. Er ist ein Pole. Er muss im Herbst wieder fort. Er bringt Schande über das Mädchen. Es ist kein gutes Kind. Elsas Familie wird sehr böse sein. Sie wollen nicht auseinandergehen. Nur im Himmel sind sie sicher und in Frieden. Für beide gibt es keinen anderen Weg. Sie nehmen Stricke und ..."

Blum schlägt mit der Hand auf den Tisch. Er drückt die Zigarette in den Aschenbecher.

„Verstehe ich richtig, die beiden wollten gemeinsam aus dem Leben scheiden?"

Smucek bringt die Geschichte zu Ende: Sie hatten in der Scheune gesprochen und geweint. Er hatte zwei Kälberstricke von draußen geholt und Schlingen geknüpft. Die waren an dem Dachbalken der Scheune befestigt worden. Jeder legte die Schlinge um seinen Hals. Hand in Hand sprangen sie vom Heuschober in die Tiefe. Irgendwann wachte er auf und lag auf dem Scheunenboden. Der Hals tat weh, und das rechte Bein schmerzte. Er sah Elsa in der Schlinge hängen, während sein Strick sich gelöst hatte. Ganz außer sich blieb er liegen, konnte sich kaum bewegen. Ein Knecht kam und bald auch die Polizei.

Blum braucht einige Zeit, dann sagt er: „Das ist schwer zu glauben."

Smucek hat zu weinen angefangen. Plötzlich zieht er den Gefängniskittel aus und zeigt auf seinen Hals. Dort ist ein dunkel verfärbter Streifen zu sehen. Er geht aber nicht um den ganzen Hals. Dann steht Smucek auf, streift die Gefängnispantoffeln ab und krempelt das rechte Hosenbein auf. Man sieht blaue Flecken und fast verheilte Wundstellen am Knöchel und oberhalb des Knies. Auch zeigt er ähnlich verheilte Wunden an einem Unterarm.

„Ziehen Sie sich wieder an. Wurden die Wunden hier im Gefängnis behandelt?", fragt Blum seinen Klienten.

„Nein", sagt der auf deutsch.

Der Notizblock vor Blum ist immer noch ganz leer. Das Ganze muss sacken. Aber alles ist noch nicht angesprochen.

„Später, bei der Polizei, haben Sie ein Geständnis unterschrieben?"

„Ich weiß nicht, ja. Ich bin schuld", wird übersetzt.

„Und es war niemand da wie Schwester Danuta, mit dem sie polnisch sprechen konnten?"

Smucek schüttelt nur den Kopf. Er spricht dann wieder.

„Was habe ich nur getan", übersetzt die Schwester.

„Wusste jemand von Ihnen und Else?", das ist Blums letzte Frage.

„Nein. Wir allein. Nur Czeslaw aus Dobkow aus der Kolonne, dem habe ich von einem Mädchen erzählt, aber nicht den Namen." Smucek hält den Zeigefinger vor seine Lippen.

Blum packt seine Sachen in die Aktentasche. „Ich werde wiederkommen, wenn die Anklage da ist. In einigen Tagen. Schon bald wird der Prozess beginnen."

Blum steht auf und reicht seinem Klienten die Hand.

„Pan, bitte". Der junge Pole spricht zu Schwester Danuta.

„Er betet jeden Tag für die Tote. Kann er an ihrem Grab beten. Das ist sein größter Wunsch."

„Erst einmal kann vielleicht ein Priester zu ihm kommen." Schwester Danuta nickt und übersetzt.

Auf dem Weg nach draußen zieht Blum seine Taschenuhr. Es ist fast 12.

„Ich wusste nicht, was uns erwartet. Ich danke für Ihre Hilfe. Würden Sie mich auch noch beim nächsten Besuch begleiten?"

„Das ist meine Christenpflicht", sagt die Schwester.

Blum reicht zur Verabschiedung die Hand.

Schwester Danuta sieht ihm nach. Grauenvolles hat sie gehört. Sündiges. Der Anwalt hätte ihr Sohn sein können. Ein Protestant, aber mit guten Seiten. Sie würde ihm helfen. Aber sie konnte ihm nicht alles übersetzen, was sie gehört hatte.

In sein Büro will Blum jetzt nicht mehr gehen. Zum Gasthaus Laage kann man auch einen längeren Spaziergang an der Stör entlang machen, deren Flussschleife sich durch die Unterstadt zieht.

Zeit zum Nachdenken. Heimliche Liebe? Gemeinsamer Selbstmord? Geständnis ohne Kenntnis? Schuldig und auch nicht? Viele fragende Gedanken enden ohne Antwort. Ein hoffnungsloser Fall? Man verlässt sich auf ihn.

Der Anwalt denkt an Beweise. Wenn die Geschichte stimmt, muss es einen zweiten Strick geben.

7

Das Tagesgericht in Laages Speisewirtschaft ist Rundstück warm.

Der Raum ist schon gut besetzt. Bekannte Gesichter, aber auch ein Tisch mit drei unbekannten Herren, vielleicht Vertreter.

Brixen sitzt schon da und liest Zeitung. Sein teurer Anzug ist dunkelblau und sieht gediegen aus. Blum trägt einen von seinen drei Büroanzügen, knittrig und alt.

„Gehst Du der Arbeit heute aus dem Weg, es ist doch erst halb eins?“, fragt Blum und setzt sich.

„Ganz im Gegenteil. Ein lukrativer Schadensersatzfall ist auf meinen Schreibtisch gekommen, schadhaft reparierte Technik in der Suder Getreidemühle, Haverie, mehrtägiger Produktionsausfall, der

Schaden geht in die Tausende, und damit sind auch gute Gebühren garantiert. Und ..."

Brixen unterbricht, als Fräulein Gerda die beiden Essen serviert.

„... dann kam noch die Gattin des Prokuristen einer angesehenen Itzehoer Firma. Eine Scheidung mit ..." – Brixen lächelt – „süffisanten Details. Mein Tagewerk ist also fast vollbracht, und bei Dir?"

Blum spießt einige Pilze von dem großen Stück Rindfleisch in brauner Soße auf seine Gabel und sagt: „Ich komme aus dem Gefängnis."

„Der Pole?"

„Ja, ich war mit einer Übersetzerin dort. Fast den ganzen Vormittag. Du glaubst es nicht."

Blum sieht sich um. An den anderen Tischen wird gespeist und geredet. Er senkt etwas die Stimme. Dann gibt er eine Zusammenfassung der Erzählung von Smucek mit allen notwendigen Details.

„Nicht zu glauben. Als Kinder hätten wir gesagt, da wird der Hund in der Pfanne verrückt. Glaubst du ihm etwa?" Brixen sieht seinen Freund an.

„Ich weiß nicht. Manches kann sein, anderes kann ich mir nicht vorstellen. Aber er hat diese Verfärbungen an seinem Hals, wie von einer Schlinge. Das werde ich untersuchen lassen, noch vor dem Prozess."

Beide sind mit dem Essen fertig und rauchen.

„Die eine Seite ist ganz klar. Ich habe Dir ja von dem Gespräch mit Panek erzählt. Sie haben eine erhängte Tote, ein unterschriebenes Geständnis und ordentlich Druck. Aber der Tod kann eben vielleicht auch eine andere Ursache haben, das Geständnis hat der Pole möglicherweise nicht verstanden, und Zeitungsartikel müssen doch auch nicht die Wahrheit sein." Blum ist bei der zweiten Sanoussi und wartet auf Kaffee und Weinbrand.

„Was für eine Suppe, willst Du sie mit auslöffeln?", fragt Brixen, „die Justiz fürchtet Landvolkbomben auf ihre Gebäude und der sozialdemokratische Justizminister die nächsten Wahlen. Da wird es eng um den Hals des kleinen Polen. Aber er kann Dich doch auch belogen haben."

„Ja, er kann gelogen haben. Ich lasse das nicht außer Acht. Ein Techtelmechtel auf dem Dorf, schön und gut. Aber entscheidend ist doch nur, was in der Scheune passiert ist. Da gibt es noch zu wenig Fakten. Und ich will das Ganze auch nicht politisiert betrachten."

Fräulein Gerda bringt Kaffee und Weinbrand. Blum trinkt ihn sofort.

„Da ist eine Familie in großer Trauer. Der zur Seite steht die Staatsanwaltschaft mit einer Mordanklage. Dass die Familie auch aus der Landvolkecke kommt, ist noch nicht einmal so wichtig. Der Bewegung ist längst die Spitze genommen, nach den Verboten und nachdem einige ihrer Anführer im Gefängnis sitzen. Gebombt haben sie schon seit einiger Zeit nicht mehr. Die Not der Bauern ist aber echt. Ich habe mal ein paar vertreten wegen Widerstands gegen die Staatsgewalt. Sie hatten einen Gerichtsvollzieher in die Flucht geschlagen, der das Vieh eines Hofes zwangsversteigern wollte. Und recht hatten sie."

Blum steckt sich noch eine Zigarette an.

„Was ist meine Aufgabe. Das ist für mich wichtig. Dem Klienten beistehen, Entlastendes vortragen. Schön und gut. Beim Schwurgericht war ich bisher aber erst dreimal. Beim Giftsuppenfall ging es gut aus. Dann hatte ich noch einen Indizienprozess. Ein Handwerker soll eine Witwe, bei der er Arbeiten ausführte, wegen ihres Sparstrumpfs erschlagen haben. Es gab 14 Jahre Zuchthaus. Aber so was wie jetzt hatte ich noch nicht."

„Schöner Schlamassel, Blumi", sagt Brixen mit dem Glas vor dem Mund. „Wie gehst Du weiter vor?"

„Ich werde mir jetzt die Akte ansehen und nach Tatsachen suchen. Gut, dass ich einen Referendar bekomme, der kann mich unterstützen. Und Dich bitte ich ausnahmsweise wirklich, Deinen Entenschnabel zu halten. Auch gegenüber Margaretha."

Brixen lacht. „Ich werde meine Gattin aber von Dir grüßen. Sie freut sich immer über einen Besuch. Und dein Patensohn auch."

Während Blum geht, trifft Brixen am Ausgang einen Richter und spricht ihn an.

8

Der Scheunenmord bewegt die Gemüter weiter.

Die Zeitungen berichten, die unabhängigen und die Parteiblätter gleichermaßen. Viel Stoff gibt es eigentlich nicht. Die Mordanklage ist erhoben, verlautet von der Staatsanwaltschaft. Das Schwurgericht wird im Oktober tagen, noch vor dem Erntedankfest. Dr. Blum aus Itzehoe ist dem Polen als Verteidiger beigeordnet, er will sich nicht öffentlich äußern.

Manche Blätter ziehen rein politisch vom Leder. *Das Landvolk* wählt die Überschrift „... und jetzt unsere Töchter“ und schlägt einen Bogen vom ruinösen Verfall der Schweinepreise durch billigere Importe aus Polen zum kommenden Mordprozess.

„Deutsche Sühne für Polenmord“ schreibt die *Schleswig-Holsteinische Tageszeitung* der Nationalsozialisten. Verfault sei ein System, das seine Töchter nicht mehr schützen kann. Aber ein neues Reich werde kommen und mit ihm Not, Verbrechen und Hoffnungslosigkeit verschwinden.

Der Artikel wird als Handzettel gedruckt und erstmals bei der großen Kundgebung in Hohenwestedt mit Kronprinz August Wilhelm von Preußen, einem SA-Führer ihrer Bewegung, verteilt. Tausendfach wird die Schrift von dort mitgenommen und in allen Teilen des Landes zwischen Nord- und Ostsee verbreitet.

Die Leute reden viel über den bevorstehenden Prozess und sein erhofftes Ende.

Arno Nolte gibt ihnen den Stoff dafür.

Das war, was die Familie Rehder betrifft, nicht so leicht gewesen. Es dauerte, bis er unter Vermittlung von Bürgermeister Holm abends nach der Feldarbeit in der Wohnstube in Warringholz saß. Der jüngere Sohn wollte gar nicht über seine Schwester sprechen und ging sehr schnell. Der ältere, der diesmal keine Uniform trug, hielt dem Redakteur eine Propagandarede und gab ihm ein Blatt Papier mit einer politischen Erklärung. „Schmiet em rut, Vadder“, sagte er ohne Verabschiedung.

Nolte fürchtete schon, dass er ohne Stoff herausgeworfen wird. Und Elses Vater machte auch keine Anstalten zu reden. Die direkte Lüge war das einzige Mittel in dieser hoffnungslosen Lage. Dazu war Nolte immer bereit. Er habe auch eine Tochter, im fast gleichen Alter, sagte er. Er könne deshalb besonders verstehen, was in Wilhelm Rehder vorgeht. Dabei war er Vater von zwei Söhnen, die jünger waren als die Tote. Doch das Eis schmolz. „Köm?“, fragte der Vater. Und holte zwei Gläser und eine schon angebrochene Flasche Schnaps. Es wurde ein langer Abend. Von der schweren Lage der Bauernschaft kamen sie auf das persönliche Elend des Bauern Rehder, der Frau und Tochter verloren hatte und damit auch wertvolle Arbeitskraft in Heim und Hof. Zum Winter sollte eine Jungmagd eingestellt werden, aber weitere fremde Hilfe konnte sich der Hof nicht leisten. Die Söhne halfen. Doch der eine arbeitete als Ziegeleiarbeiter, und der andere lebte zunehmend für die Politik.

Wilhelm Rehder trank, und Nolte musste mithalten. Dafür holte der Vater das Konfirmationsbild der Tochter und gestattete einen Blick in ihre Kammer, die noch genauso war wie an ihrem letzten Tag. Sie sprachen auch über den Polacken, doch das konnte Nolte später nicht so zum Druck geben.

„Ein Vater klagt an“, wollte er gerne als Überschrift, aber der Chefredakteur entschied sich für

„Die Trauer eines Vaters“. Den Artikel bezahlte Nolte mit seiner Gesundheit. Sehr betrunken war er mit dem Motorrad kurz hinter Schenefeld auf der Rückfahrt in den Chausseegraben gestürzt, hatte sich die rechte Hand gestaucht und Schürfwunden am Gesicht und dem Oberarm davongetragen.

Einfacher dagegen war der Artikel über Else. Nolte bekam ein Foto von ihren Freundinnen.

Sie steht inmitten anderer junger Frauen, als Teilnehmerin eines dörflichen Nähkurses. Die Fotografie ist schon einige Jahre alt. Else ist kleiner als die anderen und trägt ein gemustertes Sackkleid. Das Gesicht herb-hübsch, die Haare streng in der Mitte gescheitelt und nach hinten gekämmt. Wache Augen blicken mit Interesse zum Fotografen. Sie lacht so wenig wie die anderen. Gesungen habe sie gern, sagen die Frauen vom Nähkurs. Zupacken habe sie gekonnt, auf dem Feld und beim Melken, habe Brüder und Vater zu versorgen gehabt, ohne zu klagen. Nicht so geschickt sei sie beim Sticken gewesen. Eine Tragödie sei es, wo ihr Leben doch erst begann.

Nolte hatte noch nach dem Schulbesuch gefragt und wie im Dorf so der Sonntag verbracht worden sei. Als er das Thema eines Jungen, vielleicht eines Verlobten, aufbrachte, kicherten die Frauen nur. Den Mörder hatte so richtig keine gesehen, erst am Tag, als die Polizei ihn aus der Scheune führte.

Die Itzehoer Nachrichten boten ihrer Leserschaft auch einen schaurigen, zweiteiligen Rückblick auf einen lokalen Mordfall aus dem Jahr 1817. Franz Delfs aus Schenefeld, dem Nachbardorf von Warringholz, hatte Vater und Bruder vergiftet. Beide waren gegen seine geplante Hochzeit gewesen. Im Februar 1819 verurteilte ihn das *Holsteinische Obercriminalgericht* zum Tode. Auf einer Kuhhaut wurde er zur Richtkuhle geschleift und mit dem Beil vom Leben zum Tode gebracht, der Körper dann auf das Rad geflochten und der Kopf auf einen Pfahl gesteckt.

Diesen Artikel verfasste aber Nansen, ein „Zeilenschinder", der als Freier gelegentlich veröffentlichte und meist Gerichtsberichte verfasste.

Nolte wiederum konnte sich auf seine Polizeiquellen verlassen und veröffentlichte den Artikel „Gerüchte über Belästigungen". Wie die Redaktion aus sicherer Quelle gehört habe, gab es vor dem Scheunenmord ehrverletzende Belästigungen und Zudringlichkeiten einiger der polnischen Erntehelfer gegenüber Mädchen und unverheirateten Frauen in Warringholz und anderen Orts. Beim Landjägerposten Schenefeld war eine Anzeige diesbezüglich eingegangen. Es werde ermittelt. Da köchelte etwas. Und Oberstaatsanwalt Panek persönlich bestätigte ihm die Information am Telefon.

Auch die andere Spur gab der Redakteur nicht auf. Mit der *Stettiner Volkszeitung* und dem Ueckermünder *Vorpommernblatt* konnte er einen Kontakt herstellen. Die Stettiner meldeten einen Dirnenmord und einen Raubmord an einem Juwelier. Das passte nicht so gut.

Die Ueckermünder hatten in der Zeit nur ein ertrunkenes Kind zu melden. Und eine erdrosselte alte Frau in Hoppenwalde. Erdrosselt war gut und die

Ortschaft nur wenige Kilometer von Gut Behrendshof entfernt. Die Polizei verdächtigt ihren Stiefsohn, der seither flüchtig war. Nun, da ließe sich vielleicht etwas machen, kurz vor dem Prozessbeginn.

Ansonsten hielt Nolte sein Pulver trocken. Zu dem Artikel über den Polen sammelte er erstmal Material. Viele Pfennige ergaben eben eine Mark. Recherchen hatte er schon angestellt über die Vollstreckung der Todesstrafe, wie es tatsächlich vor sich ging.

Eine gute Quelle über einen Delinquenten war immer auch sein Anwalt. Der Dr. Blum war von hier und ein ruhiger Vertreter, sagte Nansen, der aber auch etwas kann. Er will öffentlich wirklich nichts sagen? Mit Nolte hatten am Ende noch alle geredet.

9

---

§ 211 des Strafgesetzbuchs für das Deutsche Reich

Wer vorsätzlich einen Menschen tötet, wird, wenn er die Tötung mit Überlegung ausgeführt hat, wegen Mordes mit dem Tode bestraft.

Die Anklage ist zugestellt.

Sie ist nicht lang. Walerjan Smucek hat es vorsätzlich und mit Überlegung ausgeführt, einen Menschen zu töten, und ist als Mörder zu bestrafen.

Er hat dem Opfer nachgestellt und die junge Frau unter einem Vorwand in die Scheune gelockt. Hier wollte er sie notzüchtigen und hat sie – als es nicht gelang – mit einem Strick erhängt, bis der Tod eintrat. Er hat sich zum Herrn über Leben und Tod machen wollen und mit Überlegung gehandelt, weil er das Todeswerkzeug mitnahm und die Tat durch seine überlegenen Körperkräfte nach seinem Plan vollenden konnte.

Beweismittel sind das Geständnis, der Gutsarbeiter, die Polizeibeamten, der Amtsarzt sowie Fotos und Asservate.

Keine Überraschung.

Die Akte ist seit gestern in Blums Büro. Sie ist dünn. Er hat sie zweimal gelesen. Jetzt fertigt Frau Hansen die von ihm als notwendig angesehenen Abschriften wichtiger Seiten. Er hat sich anderes selbst herausgeschrieben.

Blum sitzt am Schreibtisch. Davor Referendar Martin Feldhusen, der nach seinem Universitätsabschluss eine mehrmonatige praktische Ausbildung in verschiedenen juristischen Berufsfeldern durchlaufen muss, bis er selbst Anwalt oder Richter werden kann. Ein Itzehoer Arztsohn, Schüler desselben Jungengymnasiums wie Blum, etwas linkisch, kein herausragendes Examen, aber nicht auf den Kopf gefallen. Solche Referendare hat Blums Büro öfter, zu ihm kommt, wer nicht nur über Akten brüten will.

Der junge Jurist ist der Vetter von Blums langjährigem Klassenkameraden und Schachpartner Gerd Feldhusen. Ein Apothekersohn und in der Schulzeit deswegen immer „Pille“ genannt. Blum und er hatten auf dem Gymnasium um die Schulmeisterschaft im königlichen Spiel gestritten und spielen seit Jahren jeden Sonntagvormittag zwei Partien gegeneinander. Dabei sprechen sie selten mehr Worte, als es Felder auf dem Brett gibt.

„Die Akte geht morgen wieder an das Gericht. Alles, was wichtig ist, brauchen wir in Abschrift oder mit ausführlichen Notizen." Blum öffnet seine eigene Akte zu diesem Fall.

„Was haben wir. Diverse Fotos der Toten. Gut sichtbar von vorn und hinten die Strangulationsspuren. Es hat keine Vergewaltigung gegeben, das bestätigt der Amtsarzt. Tod durch Ersticken. Eine Obduktion wurde nicht vorgenommen. Die Zeugenaussage des Landarbeiters, die dienstlichen Rapporte der Landjäger und der Bericht der Kriminalbeamten.

Das Geständnis, kurz, maschinenschriftlich mit der Unterschrift „Walerjan Smucek" in einer Kinderschrift. Der Haftbefehl. Die Beschlagnahmeliste von Smuceks wenigen Sachen. Den Beschluss über meine Offizialverteidigung, die Anklage in Urschrift und justizinterne Verfügungen. Ist Ihnen noch mehr aufgefallen?"

Feldhusen schüttelt den Kopf. „Außer den Asservaten, wie geht man damit um?"

Die sonstigen Beweismittel hatten beide gestern auf der Amtsstube des Schwurgerichts eingesehen.

„Wir sahen den Strick, dazu alle Kleidungsstücke und die Schuhe der Toten. Wir behalten im Kopf, dass das Kleid und die Unterkleidung nicht zerrissen oder verschmutzt waren."

Blum bietet Feldhusen eine Zigarette an, beide rauchen.

Was Blum nicht sagt, auch wenn es ihn bewegt, ist, dass weder bei den Asservaten noch auf den zahlreichen Fotos vom Tatort in der Akte ein zweiter Strick zu sehen ist.

Er hat mit seinem Referendar noch nicht über Smuceks Geschichte gesprochen. Das muss sich entwickeln.

„Unterstützen Sie Frau Hansen bitte draußen beim Erfassen der Akte. Um 10 Uhr 30 müssen wir auf dem Gericht sein. Dann sind die Plädoyers in der Untreusache."

Für ein Uhr ist Blum mit Schwester Danuta vor dem Gefängnis verabredet. Sie kann nur zu dieser Zeit, und er hat neue Fragen an Smucek, die nicht warten sollen.

Vor dem letzten Blick auf die Akte der Männer aus dem Lohnbüro gibt es aber noch etwas zu erledigen.

Blum wählt ein Amt und lässt sich mit Kriminalkommissar Mock verbinden.

In der Scheune waren zwei seiner Assistenten gewesen. Das ergab der Bericht. An der Vernehmung von Smucek hatte der Chef der Kriminalpolizei aber persönlich teilgenommen.

Mock ist äußerlich der Typus des dicken und gemütlichen Kommissars, kurz vor der Pensionierung. Er kann aber auch – Blums Klienten berichteten davon – ein „gerissener und scharfer Hund" sein.

Blum will sie diplomatisch angehen: die Frage der Verständigung und die Frage nach einem zweiten Strick.

Er muss sich nicht vorstellen, man kennt sich. Auch sein Mandat im Scheunenmord ist bekannt.

Doch mit Mock ist heute nicht gut zu telefonieren. Die Sache sei „glasklar". „Der Pole" hat allen Befehlen auf dem Kommissariat Folge geleistet und wohl deutsch verstanden. Er hat auf konkrete Vorhalte genickt und auch auf deutsch geantwortet. Einer seiner Beamten kann außerdem ein paar Brocken Polnisch. Das Geständnis war kurz, wurde nach dem Verlauf des Verhörs zusammengefasst, zum Lesen gegeben und unterschrieben. „Das war wie immer." Auch der Haftrichter brauchte keinen Übersetzer. Und alle relevanten Beweisstücke wurden aus der Scheune mitgenommen und asserviert. „Was sollte es dort sonst noch geben?"

Blum verabschiedet sich. Er hat mehr erhofft.

„Eins sage ich Ihnen noch, Herr Doktor. Ganz dicht ist Ihr Klient möglicherweise nicht. Getan hat er es aber."

Blum hat Schwierigkeiten, sich danach auf die 10-Uhr-30-Sache zu konzentrieren. Pünktlich ist er vor dem Gerichtssaal. Seine beiden Klienten sind nervös. Der Sitzungsbeginn verschiebt sich. Die Sache davor wird nicht fertig.

Endlich lässt Amtsgerichtsrat Haage die Sache aufrufen. Im Zuschauerraum sind heute die Ehefrauen der Angeklagten, sein Referendar und der Gerichtsredakteur der Itzehoer Nachrichten.

Die Plädoyers von Anklage und Verteidigung. Der Staatsanwaltsassessor ist nervös. Das ist verständlich, denn er ist jung und neu. Erkundigungen bei älteren

Kollegen hat er aber offenbar nicht eingeholt. Sein Schlussvortrag hat zwei grobe Mängel: Er ist zu juristisch und zu lang. Verheerend, wenn Haage Richter ist.

Endlos ist der Kampf mit dem schwierigen Sachverhalt, der in fünf Verhandlungstagen noch schwieriger wurde. Zäh wird das eine und das andere erwogen. Die Schuld steht für die Staatsanwaltschaft aber fest. Dann kommen lange Ausführungen zur rechtlichen Bewertung. Ist es eine Untreue oder eine Unterschlagung? Er beruft sich auf die Rechtsprechung des Reichsgerichts und bringt ausführliche Zitate aus dessen Grundsatzurteilen. Abschließend dann die Strafzumessung. Viel will bedacht werden. Sein Antrag: 1 Jahr und sechs Monate. Für beide ohne Bewährung, weil sie in einem besonderen Treueverhältnis standen und dies gröblich missbraucht haben.

Es ist 11 Uhr 17. Für Blum gibt es drei Prämissen. Nicht zu juristisch und zu lang zu sprechen und sicherzustellen, dass der Amtsrichter zum Überlegen und zur Urteilsbegründung soviel Zeit hat, um pünktlich Mittagspause zu machen.

Das trifft sich mit Blums Prozessstrategie. Er wollte an allen Verhandlungstagen deutlich machen, dass auch andere Täter aus dem Lohnbüro oder der Geschäftsleitung mit Verfügungsgewalt über die Firmengelder die fehlende Summe veruntreut haben konnten. Deshalb waren im Prozess viele Zeugen gehört worden. Blum fasst die alternativen Möglichkeiten kurz zusammen.

Danach verweilt er so lang wie nötig bei den Angeklagten. Er weiß, was Haage schätzt. Unbescholtene Familienväter, treue Pflichterfüllung im Werk, beide Soldaten des Weltkriegs, ohne größere Einzahlungen bei ihrer Bank oder Bargeldfunden bei der Hausdurchsuchung nach ihrer Kündigung. Kein unangemessen hoher Lebenswandel. Warum sollten sie ihre Existenz aufs Spiel setzen? Opfer krimineller Umtriebe anderer sind sie, keine Täter. „Weiße Westen, hohes Gericht. Nicht mal ein Zweifel bleibt. Ich beantrage einen Freispruch."

11 Uhr 27. Das müsste reichen.

Die Sitzung ist bis zur Urteilsverkündung unterbrochen. Blum werden die Ehefrauen seiner beiden Klienten vorgestellt. Gespannte Erwartung. Auch Feldhusen kommt dazu.

Nansen, der Gerichtsredakteur der Itzehoer Nachrichten, kommt ebenfalls und spricht Blum an. „Bei Haage immer kurz und knapp. Sie wissen es. Wie geht es denn Ihrem polnischen Klienten, Herr Doktor?"

„Sie werden ihn bald im Gerichtssaal sehen. Warten Sie es ab." Mehr ist nicht zu sagen.

Der Gerichtswachtmeister ruft die Sache wieder auf.

Amtsrichter Haage richtet sein Barett und spricht im Namen des Volkes einen Freispruch aus.

Die Kosten trägt die Staatskasse.

Seine Urteilsbegründung ist – wie zu erwarten – kurz. Begründete Zweifel an den Vorwürfen. „Ich will sie hier nie wieder sehen", donnert er den Freigesprochenen entgegen, gemildert durch ein Lächeln. Es ist Mittagszeit.

Von Herzen kommt der Dank beider Ehepaare. Blum verspricht der Zementfabrik einen Brief mit der Forderung nach Wiedereinstellung zu schreiben. Spätestens nach Rechtskraft des Urteils könnte diese auch gerichtlich eingeklagt werden. Für eine öffentliche Wiedergutmachung werde sicherlich der morgige Zeitungsartikel sorgen.

Feldhusen bekommt die Akte und den Auftrag, einen Brief an Rechtsanwalt von Brixen als Vertreter der Firma zu entwerfen, mit der Forderung nach Aufhebung der Kündigung, Zahlung des entgangenen Gehalts und Wiedereinstellung. „Das können Sie ruhig scharf formulieren, mit einer Frist." Blum lächelt heute das erste Mal.

Für richtiges Mittagessen hat er nicht genug Zeit. Aber in der Gaststätte neben dem Gerichtsgebäude nimmt Blum einen Kaffee und ein Käsebrot.

Fast zeitgleich trifft er mit Schwester Danuta an der Gefängnispforte ein.

Auf dem Gang zum Besuchsraum fragt Blum nach dem Priester und der Beichte.

„Die Behörden haben es erlaubt. Aber Priester Beck ist natürlich ein Hiesiger und spricht nicht polnisch. Er will prüfen, ob bei der Beichte eine Übersetzung zulässig ist. Davon hatten wir beide noch nie gehört."

Nach der Begrüßung dringt Smucek mit einem Redeschwall auf die Schwester ein. Sie antwortet ihm ruhig und legt ihre Hände beruhigend auf seine.

„Walerjan hat auch nach dem Priester gefragt. Ich habe ihn um Geduld gebeten. Mit ihrem Einverständnis möchte ich mit ihm gemeinsam beten, wenn wir fertig sind."

Blum nickt. Aus seiner Akte zieht er die Abschrift der Anklage.

Er sieht Smucek an. „Jetzt ist die Anklage gekommen. Man wirft Ihnen den Mord an Else vor. Das deutsche Recht sieht dafür die … die Todesstrafe vor. Es dauert nicht mehr lange, dann wird ein Gericht zusammenkommen und über den Fall entscheiden."

Smucek hört der Übersetzung zu und wiegt seinen Kopf hin und her. Er spricht danach leise.

„Das ist ein Gebet", sagt Schwester Danuta.

„Sie können später beten. Jetzt müssen Sie mir zuhören. Ich will Ihnen helfen. Beim letzten Besuch habe ich erklärt, was ein Anwalt macht. Ich stelle Ihnen jetzt einige Fragen, und ich möchte Antworten von Ihnen. Verstehen Sie?" Blum ist aufgeregt.

Seine Klient spricht zur Schwester.

„Walerjan fragt mich, ob er in die Hölle kommt."

„Schwester, bringen Sie ihn bitte dazu, dass er mir einfache Antworten gibt."

Blum hat sich Stichworte auf seinen Schreibblock notiert und die Kappe von seinem Füllfederhalter genommen.

„Walerjan …", Blum versucht einen Augenkontakt zu bekommen, „was ist mit Ihrem Strick passiert, wo haben Sie ihn zuletzt gesehen?"

Es dauert, bis Smucek nach der Übersetzung spricht.

„Ich weiß nicht. Ich hatte Schmerzen."

„Gab es von Ihnen oder von Else einen Abschiedsbrief an die Familie oder jemanden anders?"

Nach der Übersetzung wird nur mit dem Kopf geschüttelt.

Blum macht weiter. „Später bei der Polizei, als der dicke Polizist dabei war, haben Sie verstanden, was Sie unterschrieben haben. Sprach irgendjemand polnisch mit Ihnen?"

„Ich kann nicht deutsch lesen. Ich habe meinen Namen geschrieben, denn ich bin schuldig."

Schwester Danuta spricht ihn erneut an.

Die Antwort lautet: „Ein Mann sprach russische Wörter zu mir."

Beichte, Gebete, Hölle, Blum sucht Boden unter seinen Füßen.

Die letzte Frage aus seinen Notizen. „Wo finde ich den Czeslaw, von dem Sie letztes Mal gesprochen haben. Gibt es irgendeine andere Person, die von Ihnen und Else wusste? Das ist sehr wichtig."

„Czeslaw arbeitet mit uns. Er hat seine Schlafstelle neben meiner."

Der junge Pole schluchzt. Dann sagt er nach einiger Zeit noch etwas.

Schwester Danuta runzelt ihre Stirn. „Er sagt, ich habe Reichtum. Oder wie sagt man auf deutsch. Ich habe Gold und Edelstein." Sie spricht wieder polnisch zu Smucek.

Blum hat den Federhalter verschlossen und sich eine Sanoussi angesteckt. Gold und Edelstein. Das ist verrückt. Sinnlos.

„Entschuldigung, ich kenne nicht das deutsche Wort. Walerjan meint, er hat das Teuerste für ihn versteckt. Geschenke von Elsa, Geschenke von ihm. Eine Locke, kleine andere Sachen und auch ein Bild von ihr. In einem kleinen Korb in der Nähe des Sees, wo sie sich oft getroffen haben. So konnte es niemand bei ihm oder bei ihr finden."

Blum sagt solange nichts, dass die beiden anderen ihn ansehen.

„Ein Bild? Eine richtige Fotografie?"

„Ja", sagt Smucek, „ein Bild mit Elsa und zwei anderen Mädchen. Ein Geschenk."

„Wo?", fragt Blum.

Er gibt seinem Klienten ein leeres Blatt und seinen Füllfederhalter. Der malt lange und erklärt. Auf der anderen Seite des Schenefelder Sees, nicht da, wo die Menschen baden.

Auf der richtigen Seite gibt es ein Wehr, an dem das Wasser abfließt. Von dort aus sieht man hohe Bäume, die vom See weggehen. Versteckt unter den großen Wurzeln des fünften Baums, ist der Ort.

Blum nimmt die Skizze. „Wir werden sehen", sagt er. „Ich bin für heute fertig. Wenn Sie beten wollen, ist jetzt der geeignete Moment."

Smucek und Schwester Danuta stehen auf, knien nieder und beten. Blum packt leise seine Sachen.

Draußen verabschiedet er sich und dankt seiner Übersetzerin.

„Ich glaube, Schwester Danuta, Sie suchten das deutsche Wort *Schatz*. Etwas Wertvolles, das man sehr sorgsam hütet und manchmal auch verborgen hält."

Es wird Zeit für Blums Nachmittagssprechstunde. Zwei neue Fälle: Wilddieberei und Körperverletzung unter späten Zechern.

Danach lässt er sich mit Brixens Büroanschluss verbinden. „Morgen gegen 5 Uhr könntest Du Dein Büro etwas früher schließen und Dich an einer Schatzsuche beteiligen. Hol mich mit Deinem Auto in meinem Büro ab. Es geht um meinen Mordprozess."

Mehr sagt er nicht. Brixens Neugier siegt. Er willigt ein. „Dafür sehen wir uns morgen nicht beim Mittagessen. Ich muss nach Rendsburg."

10

Am 1. Oktober 1931 findet sich in den Itzehoer Nachrichten eine kurze Meldung.

Im Westen Steinburgs bei Gokels ist eine Männerleiche im Straßengraben aufgefunden worden. Der Mann wurde erschlagen. Der Name des Toten ist nicht bekannt. Die Polizei ermittelt und bittet um sachdienliche Hinweise.

Am selben Tag berichtet die sozialdemokratische Zeitung Norddeutsches Echo.

Unbekannter Mann erschlagen

In der Gemarkung Gokels wurde gestern eine Leiche gefunden. Der Mann lag erschlagen in einem Stra-

ßengraben. Der Tote ist Anfang zwanzig und war ärmlich gekleidet. Die Kriminalpolizei Itzehoe hat die Ermittlungen aufgenommen. Die Identität ist noch ungeklärt. Wie wir erfuhren, könnte es sich bei dem Toten um einen Ausländer handeln. Darauf deuten Geldstücke hin, die in seiner Kleidung gefunden wurden. Papiere trug der Tote nicht bei sich. Hinweise können der Kriminalpolizei oder jedem Landjägerposten gegeben werden.

11

Brixen ist pünktlich. Blum und Feldhusen steigen in seinen Adler Favorit. Es ist schon Brixens zweites Automobil. Vier Personen finden in ihm Platz. Der Wagen ist sehr teuer. Blum könnte sich so etwas nicht leisten.

Man macht sich bekannt. Brixen erzählt, wie Cousin „Pille“ Feldhusen zur Schullegende wurde, als er im Sportunterricht, bei einem Boxkampf, unbeabsichtigt den Lehrer k.o. schlug.

Nachdem Blum seinem Referendar schon im Büro die wesentlichen Fakten und den Grund für die Fahrt mitgeteilt hat, muss er bei seinem Kollegen genauso verfahren.

„In der Polensache gibt es einen Hinweis, dem ich nachgehen will. Deshalb fahren wir bis zum Schenefelder Dorfsee. Und dann würde ich gerne noch den Tatort sehen und mit einem Erntehelfer sprechen. Liegt ja alles nah beieinander.“

„Du kennst meine positive Einstellung zu einem frühen Büroschluss. Ich fahre gerne Auto. Außerdem haben mein Ältester und ich beide gerade das schöne neue Kinderbuch „Emil und die Detektive“ verschlungen. Aber ist der Aufwand nicht für eine Offizialverteidigung, selbst für eine solche, viel zu hoch?“ Brixen ist auf die Landstraße nach Schenefeld eingebogen.

„Ja, rechnen tut sich das vielleicht nicht. Aber ich möchte Klarheit. Das ist mir die Zeit wert. Und vielleicht finden wir nach der Arbeit noch einen einladenden Dorfgasthof.“

Die Fahrt dauert eine halbe Stunde. Schwerfällig kämpfen die Scheibenwischer gegen den beginnenden Regen. In Schenefeld weiß keiner mehr weiter. Sie müssen nach dem Weg fragen. Die Badestelle heißt Luisenbad und ist um diese Jahreszeit längst verwaist. Der See ist groß und liegt gegenüber einer Mühle. Die drei Männer steigen aus.

Zu Fuß umrunden sie die eine Hälfte des Sees und gehen über eine Holzbrücke. Unter der Brücke gibt es viele Seerosen, die verwachsen sind. Ein halbgesunkenes Ruderboot liegt vollgelaufen an einem der Pfeiler. Der Nieselregen ist stärker geworden. Während an der Badeseite das Ufer sandig ist und man ins Wasser steigen kann, ist die andere Seite von Schilf und Bäumen begrenzt. Blum geht mit Smuceks Skizze voran. Das Wehr ist erst zu hören und dann zu sehen. Durch eine Sperre aus Holz und Stein läuft Wasser ab und füllt einen kleinen Bach.

„Von hier“, sagt Blum, „muss es unter dem fünften Baum Richtung Wiese sein.“

Die Skizze stimmt nicht.

Am Bachlauf gibt es sieben Bäume. Sie stehen auch nicht in einer Reihe, sondern drei auf der einen und vier auf der anderen Bachseite. Auch ist der Untergrund morastig und feucht. Nichts für Straßenschuhe.

„Wir suchen einen kleinen Korb, der unter den Wurzeln oder unter dem Stamm am Boden verborgen ist. Hell genug zum Suchen ist es ja gerade noch.“ Blum geht vorsichtig voran zum ersten Baum.

Er ist massiv, hat aber keine oberflächlichen Wurzeln. Blum tritt mit dem Fuß gegen den Stamm und geht weiter.

Nichts auch bei den anderen Bäumen an dieser Bachseite. Inzwischen sind Blums Schuhe nass geworden und von einer Matschschicht bedeckt. Der Regen wird unangenehm. Sie haben keine Schirme.

„Hier wirst Du eher eine Moorleiche entdecken als etwas anderes“, ruft Brixen. „Lass uns aufhören.“

Alle drei wenden sich der anderen Seite zu. Hier steht Wasser in Pfützen und Mulden.

Blum krempelt seine beiden Hosenbeine auf. Die Schuhe sind schon bis auf die Strümpfe durchnässt. Er geht vorsichtig um eine große Wasserfläche herum.

Nichts am ersten Baum.

„Hör auf, meinen Söhnen würde ich verbieten, in solch einem Matsch zu spielen.“ Brixen ist keine Hilfe, aber Blum will die Suche zu einem Ende bringen.

Der nächste Baum kommt in Frage. Zwei große Wurzen schlängeln sich wie Teile von Riesenschlangen. Unter dem Stamm ist Luft wie bei Kaninchenlöchern. Aber um ihn herum steht überall Wasser.

Blum verlangt und bekommt einen kurzen Ast gereicht. Er übergibt Brixen seine ausgezogene Anzugjacke und krempelt den rechten Arm seines Oberhemds auf. Dann stochert er mit dem Ast in dem Loch herum. Ohne Erfolg.

Er muss die Hand benutzen und sich fast hinknien.

Vorsichtig greift Blum in das Loch, zieht seinen Arm wieder zurück und hat einen kleinen Korb aus Bast in der Hand. Vorsichtig um das Wasser balancierend, kommt er wieder auf festen Boden.

„Unter Zeugen hat mein Klient mir einen Fundort skizziert und beschrieben, unter Zeugen habe ich etwas gefunden."

„*Quod erat demonstrandum*", sagt Brixen, offen neugierig. „Jetzt hast Du es bewiesen. Mach auf."

Gegen halb 7 Uhr abends ist das Licht nicht mehr so gut. Feldhusen reißt ein Streichholz an und schützt die kleine Flamme mit beiden Händen. Blum zeigt ein geschnitztes Herz, eine Haarspange, ein Kalenderblatt und eine Fotografie mit gezacktem Rand.

Er zeigt sie den anderen. „Das Mädchen links ist Else Rehder, die Tote."

Feldhusen muss ein neues Zündholz anmachen. Alle drei schauen auf das Bild.

„Donnerwetter", sagt Brixen. „Was bedeutet das?"

„Es kann doch nur bedeuten, dass sich beide kannten. Wie soll der Pole sonst ein Foto von ihr besitzen?“

„Zählt das?“, fragt Feldhusen.

„Spätestens, wenn ich das alles morgen der Staatsanwaltschaft übergebe. Dann sind es Asservate, Beweisstücke, wie die anderen auch.“

Brixen hilft seinem Kollegen in die Anzugjacke. „Und nun ist der Kopf aus der Schlinge?“

„Das wohl nicht“, entgegnet Blum, „aber an der Geschichte meines Klienten ist doch etwas dran.“

Sie gehen zurück zum Auto in der Nähe der Mühle. Diesmal auf der anderen Seite gegenüber der Badestelle. Ein Pferdefuhrwerk fährt vorbei. Der Kutscher mustert sie. Im Auto trocknen sie sich mit ihren Taschentüchern, so gut es geht. Der Regen ist noch stärker geworden. Blum, der am stärksten durchnässt ist, hört gut gemeinte Ratschläge gegen eine drohende Erkältung.

Dann geht die Fahrt weiter.

In der Nähe der Schenefelder Kirche weist ein Schild nach Warringholz. Sie biegen links ab.

Am Ortsausgang fahren sie an einer Gastwirtschaft vorbei. Sie heißt „Zum Nordpol“.

„Wenn Du später noch Deine Spendierhose anhast, könnten wir dort einkehren“, schlägt Brixen vor. „Ein heißer Grog würde Dir auch rein medizinisch gut tun.“

Als sie nach wenigen Kilometern zum Gut Waringholz abbiegen, ist es Nacht geworden. Auf dem weitläufigen Gelände gibt es viele Stallgebäude und

Scheunen. Das Auto hält. Wo war der Scheunenmord passiert?

Feldhusen weiß etwas. „In der Akte gibt es eine Fotografie der Vorderansicht. Da sieht man vier große Tonnen."

Brixen fährt weiter. Alle Scheunen sind geschlossen. Vor einer stehen vier schwarze Tonnen.

„Hast Du noch eine Taschenlampe?", fragt Blum. Seine zog er aus der Aktentasche.

„Natürlich, jeder Autofahrer sollte eine haben. Aber Du willst doch da nicht rein. Das ist doch nicht legal. Man muss sich anmelden."

„Gib sie mir. Ich bin quasi in amtlicher Mission und will es mir ansehen. Will jemand mit?" Blum steigt aus, und Feldhusen folgt ihm.

Man hört einen Hund aus der Ferne anschlagen. Aber es ist niemand zu sehen. Blum legt den Riegel am Scheunentor um und tritt ein.

Die kleinen Lampen können gegen die Dunkelheit des großen, fensterlosen Raums wenig ausrichten. Im Lichtschein sehen sie viele andere Fässer und landwirtschaftliche Geräte wie Pflüge und Eggen. Am Eingang stehen Sensen und Forken.

Blum leuchtet höher. Die eine Seite der Scheune hat ein zweites Stockwerk, den Scheunenboden. Man kann ihn nur über die große Leiter betreten, die dort angelehnt ist. Dort werden Heu und Stroh getrocknet und gelagert. Jetzt ist es schon ziemlich gefüllt. Das Dach geht spitz zu. Man sieht die tragenden Balken und auch Balken in halber Höhe. Diese sind vom

Scheunenboden aus mit einem Seil zu erreichen. Hier war es passiert.

Beide tragen die Leiter in die Mitte des Scheunenbodens. Blum geht als erster hoch. Er findet festen Stand. Feldhusen kommt mit beiden Lampen. Auch auf Zehenspitzen erreicht Blum den Querbalken nicht. „So 2 Meter 20“ ist ihre gemeinsame Schätzung. Zwischen Balken und Decke ist viel Platz. Man kann ein Seil drüberwerfen und es dann verknoten. Kann sich ein Knoten unter dem Gewicht lösen? Um den Kopf in die Schlinge zu legen, braucht man einen Stuhl, einen Tritt oder etwas anderes zum Hochsteigen. Feldhusen zieht Strohhocken zu sich heran. Sie sind gebunden, und man kann auf ihnen stehen, aber nur für kurze Zeit, dann sinkt man durch das Körpergewicht tief ein. Blum blickt noch einmal nach allen Seiten. Beide steigen dann vorsichtig wieder runter.

Blum geht jetzt einen großen Kreis mit beiden Lampen. Man hört die raschelnden Bewegungen von Mäusen oder Ratten. Er führt das Licht über den Boden. Kein Strick zu sehen. Das hat er auch nicht erwartet.

„Gehen wir.“

Sie gehen in Richtung des Autos. Die Luft ist feucht-kalt, aber es regnet nicht mehr. In der Akte gab es kein Foto der Unterkunft der polnischen Arbeitskolonne. Aber ihre Arbeit muss beendet sein. Es ist dunkel.

„Wo mögen die Polen untergebracht sein?“

Feldhusen kombiniert. „Es muss in der Nähe sein. Ein altes Stallgebäude stand in der Zeitung. Man müsste Licht sehen und vielleicht auch Stimmen hören. Es ist ein flaches Gebäude, keine hohe Scheune."

Ein schwacher Lichtschein kommt aus einem Gebäude an der Zufahrt, an dem sie schon vorbeigefahren sind. Brixen steuert das Auto dorthin.

Wieder steigt sein Referendar mit aus. Das gedrungene Gebäude hat nur zwei kleine Fenster, hinter denen Licht zu sehen ist. Es gibt nur eine Tür. Stimmen und Gelächter sind zu hören.

Blum tritt als erster ein. Zu klopfen erscheint ihm sinnlos.

Der Raum ist in viele kleine Boxen unterteilt, durch Mauern in der Höhe von gut einem Meter. Die Boxen enden an den beiden Außenwänden. In der Mitte gibt es einen breiten Gang. Zu diesem hin ist die kleine Mauer nicht durchgehend. Es gibt unten Tröge. Sie sind in einem ehemaligen Schweinestall.

In den Boxen liegen Decken und Strohsäcke. An der Stirnseite stehen Männer mit nackten Oberkörpern und waschen sich an zwei Fässern. Irgendwo werden Kartoffeln gekocht. Jedes Geräusch ist erstorben. Viele Augenpaare sehen die beiden Eintretenden an.

„Guten Abend", sagt Blum und dann etwas lauter, „entschuldigen Sie mein unerwartetes Eintreten. Mein Name ist Blum. Ich bin der Rechtsanwalt von Walerjan Smucek. Kann ich mit einem von Ihnen auf deutsch sprechen. Bitte."

Die Stille bleibt.

„Ja“, sagt ein Mann auf deutsch und zieht ein Hemd über. Sein Haar ist nass. Er ist älter als Blum und kommt auf ihn zu. Seine Rasur, bis auf einen Schnauzbart, hat er gerade abgeschlossen. Er setzt eine Schiebermütze auf.

„Vielleicht könnten wir nach draußen gehen. Dann stören wir nicht.“

„Ja“, sagt der Mann. Sie gehen vor die Tür.

„Sie haben verstanden, wer ich bin? Ich habe einige Fragen.“

„Ja“, sagt der Mann.

Blum ist nicht mehr sicher, ob der Mann ihn wirklich verstanden hat. Es ist ihm alles ein wenig peinlich.

„Walerjan hat bald seinen Prozess, und ich brauche Hilfe für seine Verteidigung.“

„Ja,“ sagt der Mann.

Feldhusen weiß Rat. Langsam fragt er: „Aus welchem polnischen Dorf stammt Walerjan?“

„Dunai“, sagt der Mann.

Die Antwort klärt also nicht nur die unmittelbare Frage.

„Hat Walerjan Smucek noch Sachen hier in Ihrem Lager?“, fragt Blum.

„Nein, Polizei“, sagt der Mann.

„Könnten wir mit seinem Freund Czeslaw sprechen, der neben ihm schläft?“

„Czeslaw fort, gestern, nicht mehr da. Keiner weiß“, sagt der Mann.

„Wissen Sie seinen Nachnamen?“

„Vatername, Dankowski.“

„Danke“, sagt Blum. „ich gebe Ihnen meine Visitenkarte. Er ist wichtig, mit ihm zu sprechen.“ Dann bietet er den beiden anderen noch eine Sanoussi an. Feldhusen steckt sie in den Mund. Der Mann hinter seine linkes Ohr.

Blum reicht ihm die Hand und deutete eine leichte Verbeugung an. Der Mann schüttelt die Hand kräftig und verbeugt sich auch leicht.

Brixen fühlt sich beim Beginn der Rückfahrt zu kurz gekommen und will alles wissen.

„In einem Schweinestall hausen die? Nicht zu glauben.“

„Man wird ihnen nichts anderes gegeben haben“, antwortet Blum. „Und ihren Lohn sparen sie für zu Hause.“

Im „Nordpol“ gibt es Bier und Butterbrote. Blum erhält einen Rumgrog mit viel Rum und Zucker.

12

Früh am nächsten Tag versucht Blum, Oberstaatsanwalt Panek zu erreichen. Doch er ist schon in einer Verhandlung. Für 12 Uhr lässt er sich einen Termin in dessen Dienstzimmer geben.

Feldhusen hat den Briefentwurf an Brixen in der Angelegenheit der Freigesprochenen fertig.

Blum bestätigt den Text.

„Lassen Sie ihn von Frau Hansen abtippen und raus damit.“

„Ist der Brief nicht etwas grob, nach gestern, und wo Sie doch so befreundet sind?“, fragt der Referendar.

„Nein, nein. Wir Anwälte nehmen das nicht persönlich.“ Außer, wenn Löhring jun. Brixen das geschrieben hätte, denkt Blum.

„Haben Sie unsere 10-Uhr-Sache gelesen, der Fall mit dem gekränkten Künstler?“ Feldhusen hat.

Für Richter Haage wäre der Prozess ein Quell der Freude gewesen. Zwei bisweilen bizarre Beteiligte als Angeklagter und Zeuge, ein bis auf ein Detail klarer Sachverhalt und eine zeitig angesetzte Verhandlung mit Spielraum zum Mittagessen.

Doch Amtsgerichtsrat Michaelis fehlen Humor und Souveränität seines Kollegen völlig.

Blums Klient ist ein Kunstmaler, der Itzehoer Kunstmaler nach eigener Meinung. Zum ersten Gespräch hatte er eine Mappe mit Zeichnungen und diversen Zeitungsbesprechungen seiner Ausstellungen mitgebracht. Eine sogar aus Hamburg. In das Büro hatte ihn eine Anklage wegen Beleidigung und Körperverletzung geführt. Dies sollte er einem Kunstlehrer der höheren Töchterschule angetan haben. Dieser schreibt für die Itzehoer Nachrichten gelegentlich Ausstellungsbesprechungen und hatte mit Kritik an der letzte Präsentation von Blums Klienten nicht gespart. Darüber gab es im vornehmsten Restaurant der Stadt einen lautstarken Streit. Dabei soll es zu den Worten „Sie dummer Mensch“ und einer Ohrfeige gekommen sein. Eigentlich war Blum mehr amüsiert als interessiert, und er mochte aufgeblasene

Zeitgenossen nicht. Deshalb nannte er einen enorm hohen Vorschuss. Doch der Künstler zahlte prompt. „Er hat wohlwollende Gönnerinnen“, wusste Brixen.

Nun ist der Gerichtssaal die Bühne. Amseln Rex, der Angeklagte, kann sich darstellen.

„Sie leben im schlechten Naturalismus der 19. Jahrhunderts“ habe er im Restaurant zu dem Schullehrer gesagt. Damit sei die Sache für ihn erledigt gewesen. Dann sei er mit Worten wie „überschätzt“ und „Schmierfink“ geschmäht worden. Erst darauf hin habe er diesen dummen Menschen einen „dummen Menschen“ genannt. Als er von einem vollen Weinglas seines Kontrahenten begossen wurde, habe er mit einer Ohrfeige auf diese Frechheit reagiert.

Die Zeugenvernehmung von Opfer und einem Tischnachbarn im Lokal ergibt, dass die Worte tatsächlich gefallen sind. Ob das Weinglas bei einer Rangelei oder gezielt verschüttet wurde, bleibt aber offen.

Staatsanwalt: 200 Mark Geldstrafe. Verteidiger: Freispruch. Richter Michaelis: Freispruch von der Beleidigung, weil sie wechselseitig begangen wurde. 100 Mark Geldstrafe wegen leichter Körperverletzung.

Vor dem Gerichtssaal ein glücklicher Künstler. „Das war es mir wert. Darf ich auf ihr Erscheinen bei meiner nächsten Ausstellung rechnen, Dr. Blum?“ Natürlich. Zwei elegante Damen treten aus dem Zuhörerraum hinzu. Kein Blick für die jeweils andere, ein Nicken für Blum, ein Lächeln für den Maestro.

Blum hat Feldhusen schon Arbeitsaufträge erteilt und geht jetzt in das Gebäude der Staatsanwaltschaft.

„Herr Oberstaatsanwalt erwartet Sie", heißt es in dessen Vorzimmer.

Panek sitzt hinter seinem Schreibtisch und pafft eine Zigarre.

Sachlich-kühle Begrüßung.

„Es geht sicher um die Polensache, Blum. Frei raus, was gibt's?"

Blum hatte schon vorher zwei Entscheidungen getroffen. Einerseits wollte er für seinen Klienten etwas erreichen. Anderseits konnte er dem Vertreter der Anklage nicht alles offenbaren. Interne Gespräche haben Grenzen.

„Ich hatte jetzt Gelegenheit, ausführlich mit meinem Klienten zu sprechen. Daraus kann sich eine andere Sichtweise auf das Geschehen ergeben."

Blum berichtet, wie Smucek ihm das Kennenlernen und den heimlichen Austausch von Geschenken beschrieben hat.

Dann zieht er den Bastkorb aus seiner Tasche und holt die Fotografie hervor.

„Das habe ich gestern nach Beschreibung meines Mandanten mit Zeugen in einem Versteck am Schenefelder See gefunden. Das Bild zeigt die Tote und zwei andere Mädchen."

Panek blickt wortlos darauf.

„Ich will das als Asservat zu den Akten reichen, mit der Originalskizze meines Klienten zum Fundort. Außerdem möchte ich den von Ihnen angebotenen kleinen Dienstweg nutzen, um einige Beweisanregungen schon jetzt zu geben und nicht erst im Prozess."

„Von alldem ist in der Akte nichts zu finden", sagt Panek jetzt.

„Mein Klient hat im Gefängnis davon gesprochen. Ich war mit einer Übersetzerin dort. Bei der Kriminalpolizei hatte man darauf verzichtet. Smucek spricht so gut wie kein Deutsch."

„Wollen Sie sagen, unsere Beamten haben pflichtwidrig gehandelt. Ihrem Klienten gar ein Geständnis abgepresst?" Paneks Stimme bleibt ruhig.

„Nun, zumindest ein Missverständnis, die Unfähigkeit, sich mitteilen zu können, sehe ich. Und die gefundenen Gegenstände sind doch etwas Materielles, das die Angaben beweist."

Panek bläst Rauch in Blums Richtung. „Haben Sie bedacht, dass der Pole am Verhaftungstag das sich aus den Tatsachen Ergebende zutreffend gestanden hat und erst jetzt, nach Wochen des Nachdenkens, eine für ihn günstige Geschichte erfinden will. Wollen Sie in der Verhandlung abrücken vom Geständnis?"

„Nun", Blum will sich nicht in die Karten sehen lassen, „so wird das Geständnis keinen Bestand haben können. Es kommt noch anderes hinzu."

Panek wartet lauernd.

„Im Gefängnis hat mir Smucek Wunden und Druckstellen am Hals und anderen Körperteilen gezeigt. Ich möchte, dass dies ärztlich festgestellt wird. Auch im Hinblick darauf, ob die Verletzungen auf versuchtes Erhängen und auf einen Sturz aus größerer Höhe beruhen können."

„Worauf wollen Sie hinaus?", fragt Panek und legt die Zigarre in den Aschenbecher.

Blum erzählt jetzt noch Smuceks Geschichte der Verabredung zu einem gemeinsamen Freitod, der in seinem Fall fehlgeschlagen ist.

„Blum, Menschenskind, Sie verrennen sich. Sie sitzen einem slawischen Märchenerzähler auf. Nichts ist von der Anklage zurückzunehmen." Paneks Stimme wird noch leiser. „Ihr Pole war geil und hat sie umgebracht. Das ist das Motiv. Wir haben zwei Anzeigen aus der Ecke mit anderen Polen. In den Fällen ist es glücklicherweise bei Belästigungen der Frauen geblieben. Schwangerschaft? Märchen, Blum. Sie sind doch zu schlau, das nicht zu merken."

Blum kann und darf jetzt nicht von Smuceks Reaktionen und Gewissensqualen sprechen. Das ist nur ihm als Anwalt anvertraut.

Stattdessen sagt er: „Man hat auch das Entlastende zu ermitteln. Das ist mein Ziel. Und die Wunden am Hals und das Foto sind für mich keine Märchenkapitel. Einen weiteren Beweis gibt es noch, und man muss ihn erwägen. Ärztlicherseits kann noch – nach einer Exhumierung der Leiche – die Schwangerschaft der Toten festgestellt werden. Das würde Klarheit schaffen."

Panek bellt los. „Was soll so eine verdammte Lumperei. Haben Sie den Verstand verloren. Soll die Familie des Mädchens nach einem Mord auch noch einen Rufmord ertragen müssen. Sie glauben doch wohl nicht ernsthaft, dass wir einem solchen Antrag nachgehen werden. Niemals. Nichts, aber auch gar nichts kann uns dazu bewegen."

Kurzes Schweigen.

„Ich betrachte unser Gespräch als erledigt, Sie können jetzt gehen." Panek macht eine herablassende Geste wie zu einem Dienstboten.

„Ich werde dann die Anträge schriftlich stellen und das Asservat dem Gericht einreichen. Guten Tag." Blum geht zur Tür.

Panek spricht ihn noch einmal an. „Was wollen Sie? Wessen Geschäft betreiben Sie? Nehmen Sie Vernunft an, Mensch. Wenn Sie das weiter verfolgen, sind Sie in diesem Landstrich erledigt, Herr Rechtsanwalt."

Draußen, auf dem Weg zum Mittagstisch, findet Blum sich im Recht. Die Sachen aus dem Korb und Smuceks Verletzungen müssen in das Verfahren eingeführt werden. Sie sind von Bedeutung. Das Geständnis ist mit dem Makel fehlender Übersetzung behaftet.

Blum ist aber auch beunruhigt. Kann er Smucek trauen, darf er das und wie weit. Nur das Geschehen in der Scheune ist wichtig. Und Elsa ist tot, und er hat Erdrosselungsspuren, aber es gibt keinen Strick dazu. Smucek macht auf ihn nicht den Eindruck des verschlagenen Lügners. Aber er hat auch einen keimenden Irrsinn in sich und spricht selbst von schwerer Schuld. Darf eine Tote ausgegraben, untersucht und ein zweites Mal gebettet werden? Vervielfacht es das Leid, rettet es ein Leben?

Blum ist durchaus streitbar und kann holsteinisch stur und dickköpfig sein. Auch mit der Justiz. Er teilt aus und steckt ein. Aber noch nie hatte ihm in seinen Anwaltsjahren jemand dermaßen gedroht wie Panek. Warum?

Der gemeinsame Tisch bei Laage ist leer. Dabei ist es ihre Zeit. Blum setzte sich. Fräulein Gerda kommt mit Lächeln, der Standartfrage und einer Nachricht. „Herr von Brixen war heute schon zeitig da und konnte nicht warten. Er lässt grüßen."

Blum ist enttäuscht. Lustlos isst er Scholle mit Kartoffelsalat.

Vor der üblichen Zeit ist er wieder im Büro.

Feldhusen isst immer bei den Eltern und sitzt danach im Sekretariat bei Frau Hansen. Er hat seine Aufträge erledigt.

„Der Czezlaw war nicht auf der Arbeit, hat mir eine Angestellte der Gutsverwaltung am Telefon gesagt. Er sei kein zuverlässiger Arbeiter, der schlechteste. Dann hat die Frau noch gesagt, dass heute die Landjäger da waren und die Polen lange von der Arbeit abgehalten haben."

„Wegen unseres Falls?", fragt Blum.

„Das wusste die Dame nicht."

Der Referendar hat mehrere Schriftstücke entworfen. Blum sieht sie durch.

„Konnten sie etwas bei der Staatsanwaltschaft erreichen?"

Blum schaut kurz auf. „Nein, der Oberstaatsanwalt hat mir eher zu verstehen gegeben, dass ich mit meinen Anträgen ganz in die falsche Richtung gehe."

„Ist jetzt alles abgeblasen?", fragt Feldhusen.

„Nein, nein. Wir reichen die Asservate mit Begleitschreiben dennoch beim Gericht ein. Ihre Vorlage ist gut. Der Antrag zu Smuceks ärztlicher Untersuchung geht aber wie geplant an die Staatsanwaltschaft, das ist schneller. In der Begründung werde ich noch einiges ändern."

Blum greift ein weiteres Schriftstück. „Bei dem Antrag auf Leichenschau und vorheriger Exhumierung haben Sie sich schwer getan."

„Ja, ich ...es muss schrecklich sein, so was mitzuerleben. Waren sie schon mal dabei?"

„Für einen Arztsohn...", Blum lächelt. „Sie kommen auch noch zur Staatsanwaltschaft in die Ausbildung. Dort muss man immer ein- oder zweimal mit. Schlimm ist nur der Geruch. An dem Tag sollten Sie ein parfümiertes Taschenbuch dabei haben, mir hat es geholfen."

Blum lässt zwei Kaffee kommen. Bei Laage hatte er ohne Brixen darauf verzichtet.

„Sagen Sie", fragt er seinen Referendar, „eine Leiche auszugraben, weil die Untersuchung für einen Mordprozess von großer Bedeutung ist, finden Sie das verwerflich?"

Da Frau Hansen den Kaffee bringt, lässt Feldhusen noch mehr Zeit für die Antwort.

„Für die Familie muss es schlimm sein. Das spricht sich doch schnell rum. Na ja, und die Totenruhe, wenn man gläubig ist."

Blum raucht. „Ja, das stimmt wohl. Aber wenn eine Schwangerschaft der Grund eines Selbstmordes ist, dann müsste doch etwas anderes gelten. Besonders wenn diese Tatsache einen Mordprozess entscheidend beeinflussen kann.“

Feldhusen nickt, sagt aber nichts.

„Ich werde die Anträge jetzt diktieren. Bleiben Sie dabei, das schult.“

Clara Hansen kommt mit ihrem Stenogrammblock. Blum beginnt zu diktieren. Sie ist etwas älter als er. Ihren Ehemann hatte sie 1915 in einer Kriegstrauung geheiratet. Mit 25 war sie Witwe geworden. Seit seiner Büroeröffnung im Herbst 1926 arbeitet sie für ihn. Tüchtig, loyal, freundlich. Geheiratet hat sie nicht wieder.

Und sie ist schnell. Rasch füllt sich ihr Block. Beim Herausgehen nimmt sie die Kaffeetassen mit. „So einen Fall hatten wir noch nie. Das wird doch nicht … dem Büro schaden?“

„Aber nein“, sagt Blum. Hoffentlich nicht, denkt Blum.

Während der Nachmittagssprechstunde kann er sich schlecht konzentrieren. Ihm ist nicht gut.

Er weiß, was ihm guttun würde, und ruft Brixens Büro an.

13

Der „Itzehoer Hof“ ist ihre Kneipe zur Primanerzeit gewesen. Aber auch danach noch. Einfache Leute verkehren hier – auch heute Abend. Ein einziger großer Schankraum mit Holztischen und Tresenstühlen. Rauchschwaden steigen von den Tischen auf. Der Alkohol ist preisgünstig, der Laden voll. Hier trinkt man *Lütt und Lütt*. Ein kleines Glas Bier und ein Glas klaren Schnaps. Blum legt Mantel und Hut ab und setzt sich.

„Meine Frau glaubt an eine Liebschaft. Gestern weg, heute weg, immer dich als Alibi." Brixen hat gute Laune und schon für beide bestellt.

„Und, hast Du mal daran gedacht?"

„Gott bewahre. Margaretha von Brixen geborene van de Los würde sich auf der Stelle eigenhändig zur Witwe machen."

Beim ersten Getränk des Abends prosten sich beide Freunde immer formell zu.

Blum muss sein Erlebnis mit Oberstaatsanwalt Panek loswerden und erzählt ausführlich.

„An Panek erinnere ich mich flüchtig aus meiner Referendarstation bei der Staatsanwaltschaft. Ein strenger Älterer, aus der Kaiserzeit, mit Schmissen auf beiden Backen, dessen Sohn im Krieg gefallen ist. Sind Anklage und Verteidigung nicht immer konträr?"

Blum kippt den Korn. „Natürlich ist das oft so, aber er hat mir doch handfest gedroht."

„Und das wundert Dich. Er will seine Anklage durchbringen und Du …"

„Es geht doch nicht um das Gewinnen. Seine Anklage hat falsche Voraussetzungen. Es ist nicht so einfach, wie es da steht."

Brixen ordert eine neue Runde.

„Was ist ein Geständnis wert, wenn der Beschuldigte vielleicht nicht einmal gut polnisch lesen kann, geschweige denn deutsch. Und man stellt es so dar, als würden sich der Pole und das Mädchen gar nicht kennen. Aber gestern warst du selbst dabei, als wir den Korb und das Foto gefunden haben."

„Schön und gut. Das kannst du vor Gericht doch auch alles zur Sprache bringen. *Audiatur et altera pars*. Man muss beide Seiten hören. Aber warum ist das Mädchen tot. Darum geht es doch nur, soviel verstehe ich vom Strafrecht noch. Schwangerschaft und Selbstmord ..."

Brixen schüttelt den Kopf.

Blum bläst Rauch aus und sagt kurze Zeit nichts.

„Ich suche einen zweiten Strick, den, mit dem sich der Pole erhängen wollte. Aber es gibt keinen Hinweis bisher."

„Kein Strick, kein Selbstmord, verstehe ich das richtig. Und dann soll ein unter großer Anteilnahme beerdigter Leichnam wieder ausgegraben werden?", fragt Brixen.

Blum sagt nichts, trinkt das kleine Bierglas leer und bestellt wieder.

„Ich habe die Wunde an seinem Hals gesehen, sie kann von einem Seil stammen, woher sonst. Du hast ihn nicht im Gefängnis gesehen. Er trauert um das Mädchen und fühlt sich schuldig, weil er lebt."

„Blumi, das hätte dem alten Dr. Hagelstein nicht gefallen, als er uns logisches Denken in der Schule beibringen wollte. Du hast keinen Beweis für das

Vorliegen der ersten Voraussetzung, ziehst daraus aber Schlüsse für Stufe zwei und drei."

„Du bist eine scharfsinnige Ente. Aber Fakten für einen Zweifel gibt es genug."

Die beiden bestellen diesmal auch zwei kalte Frikadellen mit viel Senf und sind eine Weile in der Stimmung für Geschichten aus der Schulzeit und über alte Klassenkameraden.

Blum leckt genüsslich seine Finger vom Frikadellenfett ab und spült nach.

„Und eine Ente kommt auch nicht in so eine Lage wie ich."

Brixen antwortet. „Nein, ich bin neutral. Stelle meine Klienten zufrieden, damit sie wiederkommen. Exponiere mich nicht unnötig und versuche mich nicht unmöglich zu machen. Ich habe meine kleine FKK-Welt. Familie, Kundschaft, Kleingeld. Und, was ist daran falsch in diesen Zeiten?"

„Es ist was anderes, ob man in einem Prozess Geld verliert oder den Kopf."

Noch mal „Lütt und Lütt". Dann eine gemeinsame Toilettenpause.

Brixen nimmt den Gesprächsfaden wieder auf.

„Hast Du mal dran gedacht, dass Panek es vielleicht gut mit dir meinte, wenn auch schroff ausgesprochen. Wenn Du einen Deutschen verteidigen würdest, der im Suff einen Polen erschlagen hat, dann würden viele hinter dir stehen. Aber so. Du hast doch nichts davon. Das bisschen Geld, aber man achtet dich doch nicht dafür. Im Gegenteil. Und wenn erst der Prozess beginnt, kriegen es alle mit."

Brixens Sprache spiegelt seinen Alkoholisierungsgrad schon wider, und bei seinem Freund ist es nicht anders.

„Ich reite nicht gegen Windmühlen an, aber …“, Blum hat den Faden verloren.

„Und du bist ein Idealist, und immer ist es schlecht gelaufen, wenn du einer warst.“

„Wieso?“, entgegnet Blum mit schwerer Stimme.

„Über das eine Mal darf ich ja nicht sprechen. Aber erinnere dich noch früher an die Aula, an den Offizier und den Soldaten ohne Arm.“

Daran hat Blum eine Erinnerung. In der vollen Schulaula sprachen im zweiten Kriegsjahr 1916 zwei Soldaten über die patriotische Pflicht der deutschen Jugend. Wer sich freiwillig meldete, konnte ein Notabitur ablegen und auf das Feld der Ehre ziehen. Blum war damals begeistert. Mit Gott für Kaiser und Vaterland. Eine Handvoll anderer Jungen meldeten sich auch. Seine Eltern waren erschüttert gewesen. Doch fast alle Lehrer lobten seinen Entschluss. Für die meisten Mitschüler, besonders aus der Mittelstufe, war er ein Held. Am Tag der Einberufung spielte eine Musikkapelle für die jungen Rekruten am Itzehoer Bahnhof.

Er sah sich noch in der ersten Uniform, bei der Ausbildung, dann an der Westfront. Er erlebte feuchte Gräben und rattenverseuchte Unterstände, Tod, Gas und Angst in Frankreich und einen langen Lazarettaufenthalt in Flandern. Durch Glück und einen Arzt aus Breslau verlor er keinen Arm, aber danach den Kaiser, den Patriotismus und den Glauben an Uniformprunk, angemaßte Autorität und sinnlose Befehle.

Das letzte Glas trinken sie beim Zahlen.

Gute Luft vor der Kneipe. Blums Heimweg ist kürzer. Er wohnt im kleinen Haus der verstorbenen Eltern. Brixen muss in die andere Richtung, zu einer Villa, die er Stadthaus nennt.

„Grüß die Familie. Ein schöner Abend war das."

Brixen sagt noch: „Blumi, du musst nicht aufs Ganze gehen."

14

Zwei Tage später kommt ein Brief vom Schwurgericht.

Blum ist erst am Nachmittag mit der Bahn von einem Prozess aus Pinneberg zurückgekommen. Der lief nicht gut. Feldhusen hat ihn begleitet und soll einen Berufungsschriftsatz entwerfen.

Dann die Tagespost. Darunter ein Schreiben.

Landgericht Itzehoe
Das Schwurgericht
2.10.1931
Az. 1 K 3/31

In der Strafsache
gegen
den Landarbeiter Walerjan Smucek geb. am 3. März 1910

wegen Mordes
zur Zeit in Untersuchungshaft

wird die Offizialverteidigung von Rechtsanwalt Dr. Blum, Itzehoe, aufgehoben.

Dr. Krohn
Präsident des Landgerichts

Blum geht in sein Vorzimmer. Frau Hansen überfliegt immer alle Post. Sie ist informiert und macht einen erleichterten Eindruck. Blum sagt: „Nehmen Sie meinen Kalender und machen Sie für morgen einen Gefängnistermin mit Schwester Danuta aus. Es ist dringend. Sonst sagen wir Nachmittagsbesprechungen ab. Und vorher verbinden Sie mich mit dem Landgerichtspräsidenten".

15

„Wollen Sie zu dem Posträuber, Herr Doktor?" fragt der Türposten des Gefängnisses und schaut überrascht zu Schwester Danuta.

Aber Blum will an diesem frühen Nachmittag nicht zu einem neuen Klienten, der vor zwei Tagen festgenommen und inhaftiert worden ist. „Lassen Sie Smucek, den Polen, bringen."

Es ist nur wenig Zeit. Die Schwester hat eilige Kirchendinge zu erledigen. Der Anwalt eine volle Nachmittagssprechstunde.

Smucek kommt und ist verwirrt. Er grüßt und redet auf die Übersetzerin ein.

„Heute vormittag war ein anderer Anwalt da, mit einem Mann, der polnisch sprechen konnte. Walerjan versteht das nicht."

So schnell geht das also, denkt Blum. Der fliegende Wechsel. Einen Anwalt geschasst – der nächste kommt. Ein umsichtig agierender Oberstaatsanwalt.

„Wer war der Mann, hat er sich vorgestellt?"

Doch Smucek antwortet nicht gleich. Er spricht länger mit Schwester Danuta und atmet auf.

„Freitag wird es eine Beichte geben, ausnahmsweise mit Übersetzung", sagt die Schwester. „Der Mann hat sich wohl vorgestellt, aber Walerjan hat den Namen nicht behalten. Er sagte, er sei der neue Anwalt. Warum gibt es zwei?"

Wie soll Blum eine Intrige erklären. Denn das ist es für ihn. Nachdem er einen Teil seiner Karten gegenüber Panek aufgedeckt und dessen Anklage Steine in den Weg gelegt hatte, reagierte dieser schnell. Er erwirkte beim Gericht die Rücknahme von Blums Bestellung als Verteidiger und fand einen für ihn besseren.

„Man glaubt, Sie möchten einen anderen Anwalt. Möchten Sie das oder wollen Sie weiterhin von mir vertreten werden?"

Smucek sagt schnell auf deutsch *ja* und nickt heftig.

„Das ist gut. Ich habe Neuigkeiten. Aber erst möchte ich wissen, was der andere Anwalt gesagt hat."

Smucek dachte nach. Zäh fiel ihm einiges ein: Der neue Anwalt hat gute Kontakte zum Gericht. Man darf es nicht verärgern und das Geständnis widerrufen. Wer nicht gesund ist, wird nicht verurteilt. Kein gesunder Mensch würde doch einen anderen aufhängen. Nach einem Urteil kann man in Deutschland Gnade bekommen und vielleicht schon bald nach Hause zurück.

Blum kommt das bekannt vor. Aus Paneks Mund hat er es vor wenigen Tagen ähnlich gehört.

Er fragt, ob die ganze Geschichte von Elses Tod angesprochen worden sei. Aber das hatte sein Klient nicht getan.

Smucek wirkt auf ihn heute anders, besser. Er ist nicht so niedergeschlagen und zappelig wie bei den letzten Besuchen. Ist es nur die Aussicht auf die Beichte?

Blum lässt seinen Bericht von der erfolgreichen Suche nach dem Korb mit dem Foto übersetzen, den Besuch in der Scheune und das Zusammentreffen mit den anderen Polen in Warringholz. Das Verschwinden von Czeslaw.

Smucek hört aufmerksam zu.

„In wenigen Tagen stehen Sie vor Gericht. Am Ende kann ein Beil Ihr Leben beenden“, Blum macht eine entsprechende Geste, „oder Sie gehen wirklich frei nach Polen zurück. Das zu erreichen, ist schwer. Ich will es aber versuchen. Von Ihnen will ich einige Fragen noch einmal beantwortet haben.“

Blum blickt den Polen an.

„Sie können nicht deutsch lesen und verstehen. Das Geständnis haben sie unterschrieben, weil Sie sich am Tod von Else schuldig fühlen. Sie haben sie aber nicht erhängt."

Die Antwort ist: Ja, ich bin ja auch schuldig. Letztes Jahr war ich zur Arbeit in Deutschland, westlich von Stettin. Ich kann etwas deutsch verstehen und sprechen, aber nicht lesen."

„Sie haben Else im Dorf kennengelernt und sich verliebt. Die kleinen Geschenke, auch das Bild, kamen in ein Versteck, das wir gefunden haben."

„Ja, so war es."

„Getroffen haben sie sich immer heimlich. Niemand wusste etwas davon. Nur Ihr Freund Czeslaw, aber er kannte nicht Elses Namen."

Schwester Danuta übersetzt: „Czeslaw wollte immer gerne, dass ich ihm das Mädchen zeige, aber das habe ich nicht getan."

„Hatten Sie davor schon ein anderes deutsches Mädchen kennengelernt. Oder Ihr Freund. Hat er mal Mädchen …", Blum sucht Wörter, „… hat er mal Mädchen belästigt, angefasst, was Sie aber nicht wollten?"

Während Smuceks Antwort macht Schwester Danuta eine missbilligende Äußerung und schüttelt den Kopf. Dann sagt sie:

„Dieser andere war kein guter Junge. Walerjan sagt, er hatte nur Elsa. Der andere war frech. Einmal, in seinem Dorf, hat er einfach die Glocken geläutet, bis die Leute vor der Kirche zusammengelaufen sind. So hat er erzählt. Hier wollte er am See beim Baden mit Mädchen sprechen und hat mit ihnen Spaß gemacht. Da kamen deutsche Männer und haben ihn weggejagt. Das weiß Walerjan nur, weil Czeslaw es ihm in der Nacht erzählt hat."

Blums dritte Feststellung: „Sie wollten mit Else in der Nacht in der Scheune gemeinsam in den Tod gehen. Der eine Strick ist gerissen. Sie stürzten herunter. Die Verletzungen am Hals und an Knie und Arm sind von diesem Sturz. Sie wissen nicht mehr, wo der zweite Strick geblieben ist."

„Ja, so war es." Smucek atmet jetzt wieder hörbar tief.

„Ich habe die Untersuchung der Wunden beantragt. Ist schon ein Arzt gekommen?

Nein, ein Arzt war noch nicht da.

Blum kommt zum Ende. „Der Grund für diesen Entschluss war Elses Schwangerschaft. Sie beide wussten nicht mehr ein noch aus. Wie hat sie das gesagt, dass sie ein Kind bekommt. Welche Worte haben Sie verstanden? Bitte genau."

Smucek weint. Er murmelt Wörter.

„Er möchte an das Grab des Mädchens. Sie soll ihm vergeben."

Blum darf auf keinen Fall locker lassen. „Beruhigen Sie sich. Was hat sie gesagt? Das ist sehr wichtig!"

Von seinem Klienten kommen nur Tränen.

„Nur die Schwangerschaft ist der Grund für Elses Tod. Man muss die Richter überzeugen. Noch habe ich es nicht getan, aber im Prozess muss ich beantragen, Else auf ihre Schwangerschaft zu untersuchen. Noch ist das ja möglich.“

Beim Übersetzen hat Schwester Danuta begriffen. „Gott kann das nicht zulassen“, ruft sie, „haben Sie kein Herz?“ Dann spricht sie auf Smucek ein.

Langsam begreift auch dieser. Er wird heftig.

„Lieber will ich sterben. Niemand darf ihr das antun. Niemand darf die Ruhe eines Toten stören“, wird übersetzt. „Ich sage das auch so“, fügt die Übersetzerin hinzu.

Blum versteht die religiösen Gefühle. Aber er versteht sie nicht, wenn es um den Kopf geht.

„Ohne festgestellte Schwangerschaft als Motiv werden Sie verurteilt, zur Höchststrafe. Eigene Verletzungen hin oder her und ohne den verdammten zweiten Strick … Entschuldigung“, setzt er für Schwester Danuta hinterher.

Die Übersetzung dauert viel länger als die wenigen deutschen Sätze.

Smucek beginnt stockend zu reden. Schon zweimal vor dem letzten Abend war Elsa anders, traurig. In der Scheune hat sie seine beiden Hände auf ihren Bauch gelegt und geweint. Er konnte sie gar nicht beruhigen. Er hat das deutsche Wort *Kind* verstanden. Er hat auf sich und sie und ihren Bauch gezeigt. Sie hat genickt.

Blum denkt, Hand auf dem Bauch. Das wird vor einem deutschen Schwurgericht nicht ausreichen.

„Wir müssen heute zu einem Ende kommen“, sagt er, „wir kommen vor dem Prozess wieder.“

Schwester Danuta nickt und sagte etwas auf polnisch.

Blum holt ein Papier aus seiner Akte.

„Wollen Sie, dass ich weiter Ihr Anwalt bin? Dann müssen Sie diese Vollmacht unterschreiben. Sie haben dann zwei Verteidiger, und ich arbeite weiter. Wollen Sie das?“

Smucek nickt und unterschreibt.

Ein Pflichtverteidiger bekommt Auftrag und Gebühren vom Gericht. Jeder andere Anwalt wird vom Klienten ausgewählt und muss aus eigener Kasse bezahlt werden. Smucek ist jetzt wieder Blums Klient. Diese Vollmacht können Gericht und Staatsanwaltschaft nicht zurücknehmen. An Geld wäre bei einer Verurteilung nicht zu denken. Bei einem Freispruch würde die Staatskasse zahlen. Der Weg dahin ist lang und sehr ungewiss. Aber die Vollmacht für seine weitere Arbeit hat Blum gewollt und bekommen. Paneks Intrige ist gekontert. Aufgeben kann er später immer noch.

Die beiden Polen beten vor der Verabschiedung wieder. Blum ist das fremd, er hat sehr lange nicht mehr gebetet. In dem Lazarett in Flandern verfluchte er Gott sogar in Gedanken. Seine Kirchenbesuche betrafen Taufen, Hochzeiten und Todesfälle.

Am Tor hat Blum noch etwas zu erledigen. „Wie geht's denn so, Herr Rückert.“ *„Wat mutt, datt mutt“*, sagt der alte Beamte. Er kann auch mitteilen, dass der junge Anwalt Mathiessen Smucek am Vormittag besucht hat.

„Ich bedanke mich auch heute für Ihre Hilfe, es ist nicht immer leicht."

„Er ist wohl ein guter Junge", sagt Schwester Danuta, „aber auch in großer Sünde. Der Herr vergebe ihm."

Warum will sein Klient lieber sterben, als seine Unschuld beweisen zu lassen? Was soll die Tote ihm an ihrem Grab vergeben? Die Fragen und noch mehr mögliche Antworten darauf verunsichern Blum auf dem kurzen Weg zurück.

16

In seinem Büro wird laut gelacht. Kinderlachen.

Er ist verspätet. Auf einem Besucherstuhl im Sekretariat von Frau Hansen sitzt seine erste Nachmittagsbesprechung. Die Frau, deren Mann die Itzehoer Post überfallen hatte. Zu ihr gehören die zwei herumtollenden Kinder.

Blum bittet sie in sein Zimmer. Vorher weist er seine Sekretärin an, umgehend die Vollmacht von Smucek an das Schwurgericht zu schicken. Clara Hansen seufzt. Feldhusen hat sich freigenommen.

Eine Verzweiflungstat. Seit Jahren erwerbslos, verschuldet, ein älteres Kind kränkelnd und auf teure Arznei angewiesen, hatte der Ehemann, mit einem Halstuch notdürftig verdeckt und mit einem alten Armeerevolver bewaffnet, das Itzehoer Postamt am Bahnhof überfallen. Knapp über 1500 Mark Beute. Eine Menschenmenge verfolgte ihn. Dann gab er auf.

Haftbefehl wegen schweren Raubes. Die Ehefrau war zu Blum gekommen. Heute kam sie wieder mit Mietvertrag und anderen Unterlagen, die bei einer möglichen Haftprüfung Verwendung finden sollten. Berichte in der Zeitung. Die Schande vor den Nachbarn. Jetzt auch Schwierigkeiten mit dem Hauswirt. Blum weiß, dass es eine Offizialverteidigung werden würde. Er will der Frau keine haltlosen Versprechungen machen, verspricht aber, den Mann bald im Gefängnis zu besuchen.

Der nächste neue Klient kommt auf Empfehlung von Rechtsanwalt von Brixen. Ein stattlicher Herr. Eine „delikate Angelegenheit" kündigt er an. Die Quintessenz: Seine an Jahren jüngere Gattin hatte ein Verhältnis mit einem ebenfalls verheirateten Mann, der ihm nicht unbekannt war. Er war ins Haus des Nebenbuhlers eingedrungen, hatte diesen mit einem Spazierstock geschlagen und „zur Rede gestellt". Die polizeilichen Ermittlungen lauteten auf gefährliche Körperverletzung, Hausfriedensbruch und Beleidigung. Brixen vertritt ihn bereits bei der Ehescheidung. Blum vereinbart 300 RM Vorschuss und will sich nach erfolgter Akteneinsicht melden. Eine „Notwehr" sehe das Gesetz in solchen Fällen leider nicht vor.

Dann wird es Zeit für eine Terminvorbereitung für morgen und für die Post. Blum kommt erst jetzt dazu. Er hat den ganzen Vormittag Gerichtstermine gehabt.

Frau Hansen klopft. „Ein Herr ohne Termin möchte Sie sprechen."

In Blums Zimmer tritt der Pole, den er zuletzt vor dem Schweinestall in Warringholz gesprochen hatte.

„Guten Tag", sagt der Mann. „Ich, Smolarek, Stanislaw. Der Herr erinnert sich?"

Blum ist überrascht, aber nicht unerfreut, und bietet Platz an. Herr Smolarek spricht deutsch, weil er seit acht Jahren saisonweise auf deutschen Gütern arbeitet. Jetzt ist er eine Art Vorarbeiter und auch für die Werbung der Kolonne unter jungen Männern aus polnischen Dörfern zuständig. Dies ist eine Saison der Probleme.

„Czeslaw Dankowski tot", sagt er in seinem auf das Wesentliche verkürzten deutschen Satz. „Ich heute Polizei, Czeslaw gesehen."

Blum versteht soviel: Der junge Erntehelfer war zuerst verschwunden. Dann waren die Landjäger gekommen und hatten die polnische Kolonne nach einem tot aufgefundenen Mann gefragt und Czeslaws Sachen, besonders seine Papiere, durchsucht. Heute hatte die Identifizierung im Leichenkeller des Itzehoer Krankenhauses letzte Sicherheit gebracht.

„Kopf Mus", sagt der Mann. Der Pole war erschlagen worden.

„Und hat die Polizei einen Verdacht?"

„Polizei nicht wissen, fragen, wer von uns hat Streit mit ihm. Ist Lohn noch da. Von uns keiner getan. Aber wer tun?"

Der junge Pole stammt wie die anderen Männer aus den Nachbardörfern von Blums polnischem Besucher. Niemand will der Familie schreiben, in einigen Wochen würden sie aber zu Hause sein. Dann könnten sie nicht mehr schweigen. Jetzt ist die Leiche freigegeben. Aber wie bringt man sie zurück in die Heimat, und was kostet das.

„Was tun?“, fragt der Mann.

Blum hat einen möglichen Zeugen verloren. Er glaubt nicht, dass der Täter unter den anderen Polen zu suchen ist, erzählt aber auch nichts von den Anzeigen wegen der Belästigung deutscher Frauen. Und er hat keine Ahnung, wie ein Leichentransport über Hunderte Kilometer nach Osten zu bewerkstelligen ist.

„Meine Sekretärin kann Ihnen die Telefonnummer des polnische Konsulats in Hamburg geben. Sie können auch von hier anrufen. Dort weiß man sicherlich Rat. Ich habe auch Kontakt mit der katholischen Gemeinde hier am Ort.“

Blum ist sicher, dass sich Schwester Danutas Christenpflicht auch auf sündige Glockenläuter erstreckt.

„Danke“, sagt der Mann. „Ein Junge tot, ein Junge Gefängnis. Schlecht Arbeit, schlecht Heimat.“

Das sieht Blum auch so.

„Walerjan nach Hause kommen?“

„In diesem Monat beginnt sein Prozess. Sein Freund Czeslaw hätte vielleicht helfen können. Es geht immerhin um Mord. Es ist sehr schwer zu sagen, welches Urteil gesprochen wird. Man muss mit dem schlimmsten rechnen. Der Walerjan Smucek, was ist er für ein Mensch?“

„Ganz arme Familie. Er guter Junge, Spaß machen, abends immer beten. Gut arbeiten. Nicht trinken. Keiner glaubt, er Mädchen totmachen. Aber Leute in

Dorf glauben alle. Machen Fenster kaputt mit Stein, wo wir schlafen."

Smolarek fühlt sich verantwortlich und will Smucek sehen. Blum verspricht einen Besuchsantrag zu stellen.

„Meine Sekretärin nimmt Ihre Personalien auf. Das brauche ich dafür. Wenn die Genehmigung da ist, können wir sie ja der Gutsverwaltung schicken. Dort können Sie sie abholen."

Der Mann bedankt sich wieder. Dann zieht er aus seiner Arbeitsjoppe ein Tuch von zweifelhafter Sauberkeit hervor und schüttet es auf Blums Schreibtisch aus. Geldmünzen.

„Wir sammeln für Herr Anwalt, alle geben."

Diesmal bedankt Blum sich.

Er bringt Smolarek zu Frau Hansen und gibt einige Anweisungen. Ein weiterer Besprechungstermin wartet.

Dieser Mann ist schon im Büro seines Verteidigers so verschüchtert, dass es im Prozess nächste Woche bei Richter Michaelis schlimm werden könnte. Aber da muss sein Klient durch, es geht um einige Diebstähle, aber auch um einen möglichen Widerruf seiner Bewährung.

Danach widmet sich Blum wieder seiner Post und zunächst den Itzehoer Nachrichten. Über den toten Polen keine Zeile.

Viel Routinepost. Eine Veranstaltungseinladung. Die Deutsche Liga für Menschenrechte und die Rote Hilfe Deutschlands laden ein zum Thema „Gerechtigkeit für Jakubowski! Weg mit der Todesstrafe!"

Von dem Fall eines polnischen Landarbeiters, der vor einigen Jahren fälschlich wegen Mordes an seinem unehelichen Kind verurteilt und hingerichtet worden war, hatte Blum gelesen. Der Justizirrtum hatte großes Aufsehen erregt und die Debatte um die Todesstrafe neu entflammt. Zwei Jahre war sie sogar ausgesetzt worden. Jetzt versuchte die Liga eine nachträgliche Wiederaufnahme des Verfahrens zu erwirken. Zur Unterstützung finden in ganz Deutschland Veranstaltungen statt. Ein Hamburger Anwalt referiert. Das interessiert Blum.

Es ist schon nach sechs Uhr. Sein Arbeitstag ist beendet. Er hat 17 RM eingenommen. Das Geld von den Polen muss in die Bürokasse. Frau Hansen sitzt noch an ihrem Schreibtisch.

„Überstunden?“, fragt Blum. „Dies kann als Vorschuss in die Akte Smucek verbucht werden. 17 Reichsmark.“

„Eine Freundin holt mich hier ab. Wir gehen in die Adlerlichtspiele.“

„Willy Fritsch spielt?“

„Und er singt auch.“

„Konnten Sie dem Polen helfen?“

„Ein höflicher Mann. Aber gut gewaschen war er nicht.“

„Er arbeitet hart und ist in einem alten Schweinestall untergebracht“, sagt Blum.

„Das Konsulat sagt, man kann einen Kistentransport von Itzehoe bis zu einem polnischen Endbahnhof bei der Reichsbahn nehmen. Es dauert zwei bis drei Tage, aber die Leiche wird präpariert. Man zahlt Frachttarif."

Blum nickt.

„Der Herr Stanislaw weiß Bescheid. Sein Besuchsantrag liegt in der Gerichtspostmappe für morgen."

Sie legt das Geld klimpernd in die Bürokasse.

„Von dem anderen Polen haben Sie jetzt ein Wahlmandat übernommen?"

„Ja", sagt Blum, „von der Arbeitskolonne des Herrn Stanislaw kehrt einer nicht mehr lebend nach Hause zurück. Vielleicht kann ich etwas dafür tun, dass es nicht zwei werden. Ich bin mir aber gar nicht so sicher."

Blum setzt seinen Hut auf. „Guten Abend und viel Spaß."

Er hat zehn Minuten Fußweg durch die spärlich erleuchtete Stadt. Wenige Passanten sind zu sehen. Die Geschäfte haben geschlossen. Das Haus der verstorbenen Eltern ist klein, dunkel und leer. Daneben, in einem jetzt ungenutzten großen Anbau, hatte der Vater seine Tischlerwerkstatt betrieben. In guten Zeiten mit zwei, drei Gesellen. Später dann nur noch mit einer Aushilfe.

Im Flur legt Blum Hut und Mantel ab. Im Spiegel neben der Garderobe sieht er sich. Mittelgroß und schlank. Das schwarze Haar akkurat gescheitelt, aber schon ein wenig dünn, der Schnauzbart noch ohne Grau. Gesicht und Nase ähneln der Mutter. Die Augen hinter der Brille sind müde.

Er wohnt allein. Natürlich gibt es kein Personal wie in der Villa der Familie von Brixen. Seine Mutter hatte ihrem einzigen Kind den Haushalt geführt bis zu ihrem Tod vor vier Jahren. Einmal die Woche kommt eine Reinemachefrau. Blum ist nicht reich. Nicht einmal wohlhabend. Das Haus und etwas Geld bei der Sparkasse sind sein Besitz. Als im Sommer eine Bankenkrise durchs Reich fegte und einige Institute zusammenbrachen, war auch er verunsichert. Es war aber bislang gutgegangen.

Dass er allein lebt, hat mit seiner gelösten Verlobung zu tun. Er hatte an etwas über alle Maßen geglaubt und war schwer enttäuscht worden. Er hatte gesehen, was er zu sehen hoffte, aber was nicht real war. Das andere Beispiel für Blums schädlichen Idealismus, wie Brixen meinte, bei ihrem kleinen Besäufnis aber nicht nennen wollte. Blum hat sich verboten, daran zu denken. Der einzige Makel seiner Berliner Jahre.

Die beste Zeit. 1920 hatte er sein Studium der Rechte zunächst an der neuen Universität in Hamburg begonnen. Rechtsanwalt wollte er von Anfang an werden. Schon 1921 wechselte er in die Hauptstadt. Er bekam ein kleines Stipendium für verwundete Kriegsteilnehmer. Der Vater unterstützte, wo er konnte, bis in der großen Inflation 1923 die Aufträge ausblieben. Das war eine schlimme Zeit. Der Student nahm Gelegenheitsarbeiten an den Abenden und Wochenenden an, um durchzukommen. Bibliotheksaufsicht war er, Umzugshelfer und Lagerarbeiter in einem der großen Kaufhäuser.

Blum sparte so gut es ging an allem außer an der Kultur. Er wohnte bei einer Beamtenwitwe zur Untermiete mit Familienanschluss, der ihm fast etwas weit ging, aber gut gemeint war. Im Kleine-Leute-Stadtteil Friedrichshain im Osten der großen Stadt, nahe dem Lärm des Warschauer Bahnhofs, war sein kleines Zimmer.

Das Studium fiel ihm leicht. Bürgerliches Recht war eine trockene Angelegenheit. Mit Ausgangsfragen wie „A schlägt B einen Nagel in den Kopf, wem gehört der Nagel?“ wurden ganze Vorlesungsstunden verbracht. Das allmächtige BGB hatte über 2000 Paragrafen, aber es gab genügend Auslegungskniffe und Eselsbrücken, um durch das Labyrinth hindurch zu finden. Wichtig, aber unendlich langweilig war die Beschäftigung mit der Zivilprozessordnung.

Staatsrecht las ein Professor, der immer weiße Handschuhe trug. Die neue Republik hatte eine Verfassung mit vielen demokratischen Rechten und freien Wahlen. Der Professor mit den weißen Handschuhen liebte es, Scherze auf Kosten des neuen Staates zu machen. Das politische Leben gab dazu vielfältigen Anlass. Viele seiner Kommilitonen lachten gerne an diesen Stellen, Blum nicht. Das alte Deutschland hatte ihn fast das Leben gekostet und seiner Mutter wie allen Frauen das Wahlrecht verweigert.

Das Strafrecht wurde seine Welt. Alles war geordnet, aber nichts so ganz eindeutig. Ein Mensch bringt einen anderen vom Leben zum Tode – aber es gab fast ein halbes Dutzend Paragrafen dafür. Mord, Totschlag, fahrlässige Tötung, Raub oder Körperverletzung mit Todesfolge. Nichts war sofort endgültig. Er lernte Rechtsbehelfe kennen wie Gegenvorstellung, Beschwerde, Berufung, Revision oder die Wiederaufnahme eines Prozesses. Manche Straftaten konnten durch Unterlassen begangen werden, und manchmal war der Versuch einer Tat strafbar und manchmal nicht.

Blum nahm an freiwilligen Exkursionen teil und sah das erste Mal ein Gefängnis von innen und war auch bei einer Leichenschau in der Charité dabei.

Mit Klausuren und anderen Prüfungen hatte er keine großen Schwierigkeiten. Er griff bei den Noten aber auch nicht nach den Sternen.

Freunde hatte er nicht sehr viele. Brixen studierte im vornehmen Heidelberg und in München, bis die Existenz seines Vaters in der Inflationskrise völlig vernichtet wurde und er in Kiel gerade so über die Runden kam. Studentische Verbindungen hielt Blum für zu dünkelhaft, Politik für zu uninteressant. Er las davon, aber Veranstaltungen besuchte er nicht. Bei der ersten Wahl 1919 hatte er sozialdemokratisch gewählt, wie seine Eltern. Später immer die kleine, liberale DDP oder gar nicht.

Immer aber kannte Blum die preiswerten Tage der Revuen und Kabaretts, die Kinos und Museen mit Studentenrabatt und die günstigen Stehplätze der Theater. Er hörte Fritz Grünspan im Admiralspalast und einmal auch Fritzi Massary.

In die kleinen Revuen und Künstlerkneipen am Alex und Unter den Linden ging er am liebsten. In diesem Milieu hatte er auch Marliese kennengelernt, große Liebe, Verlobung, große Enttäuschung.

Sein Examen hatte er in Berlin bestanden. Die Doktorarbeit handelte von der Verletzung der Öffentlichkeit im Strafprozess und war schnell geschrieben. Dann folgte die Referendarzeit. Zunächst im alten Justizklotz in Moabit, wo Gerichte und Staatsanwaltschaft unter einem Dach untergebracht waren. Dann war er einige Monate bei der Rechtsabteilung der Berliner Polizei im Präsidium am Alexanderplatz. Anschließend bei einem trinkfreudigen Amtsgerichtsrat in einem Dorf bei Potsdam.

Der plötzliche Tod des Vaters und die beginnende Krankheit der Mutter brachten ihn nach bestandenem Staatsexamen nach Holstein zurück. Er wollte zurück, aber vielleicht nicht so früh.

Jetzt war Berlin weit. Und die Zeiten dort waren politisch besonders rau. Die Wirtschaftskrise verschlimmerte sich, Reichskanzler und Regierungen wechselten oft. Von den kulturellen Ereignissen las er nur noch. Die „Dreigroschenoper" kannte er nur aus Kritiken, den Film „Der Blaue Engel" hatte er im Itzehoer Kino gesehen.

Einmal in der Woche kam mit der Post eine Erinnerung aus der Stadt. Er hatte das Blatt *Die Weltbühne* abonniert. Eine kleine, freche, kritische Zeitschrift über Politik und Kultur, die gegen den Strich bürstete und die gegen jeden neuen Krieg war.

Auch auf die Justiz und ihr Personal wurde ein kritischer Blick geworfen. Besonders von dem Schriftsteller und Dr. jur. Kurt Tucholsky. Einige seiner Spottgedichte hatte Blum ausgeschnitten. Satirisch übertrieben natürlich, aber mit mehr als einem Kern

Wahrheit. Tucholsky hatte ihm gefallen. Die mit seinen Texten gestalteten Revuen sah er im „Kakadu“ auf der Gneisenaustraße, manche Richter und Staatsanwälte, denen er begegnete, entsprachen den literarischen Karikaturen durchaus.

In seiner Küche schmiert Blum sich zwei Brote und geht damit ins Wohnzimmer. Sofa, Stühle und Tisch sind alt und schon sehr benutzt. Teppich und Tapete sind noch von den Eltern. Nur das Bücherregal hat er neu angeschafft. Wäre das ganze Haus womöglich ein neues Heim für Agnes Barin?

Die Eltern hatten kaum Bücher besessen, aber Blum liest gern. Allerdings seit der Schulzeit nie mehr Goethe und Schiller. In den letzten Jahren aber viel Storm und Fontane. „Der Schimmelreiter“, „Stechlin“. Das Alte gegen das Neue. „Effie Briest“. Die Gesellschaft und die Konventionen.

Wie viele hatte er Remarques Weltkriegsroman „Im Westen nichts Neues“ gelesen. Der hatte ihn aber fast unberührt gelassen. So konnte es gewesen sein, viele Kriegsteilnehmer erkannten sich darin wieder. Seine eigenen Erlebnisse waren aber schlimmer gewesen. Der Wert des Buches lag in dem, was ihm fehlte. Es war kein Heldenepos und zeigte den Tod so, wie es damals war: dreckig, einsam und sinnlos. Es war richtig, das zu beschreiben. Das andere Deutschland, das den Frontsoldaten glorifizierte, sich um den Sieg betrogen sah und Revanche wollte, veröffentlichte auch sehr viele Bücher, organisierte sich in Kriegervereinen und war zu neuem Krieg bereit.

Der Folgeroman des Autor, „Der Weg zurück“, war im Frühjahr erschienen. Blum las ihn nicht zu Ende. Remarque beschrieb die Heimkehr der Kriegsteilnehmer in eine ihnen fremd gewordene Welt. Viele verzweifelten und gingen unter. Aber er selbst war noch jung. Mit Glück war er körperlich unversehrt geblieben. Und er wollte noch etwas vom Leben.

17

Am nächsten Mittwoch wird der Prozess beginnen.

Die „Itzehoer Nachrichten“ berichten es groß und tragen alles zum Scheunenmord noch einmal zusammen. Referendar Feldhusen erzählt am Morgen im Büro, in der Stadt sei von einem großen Fackelzug der SA am Abend dieses Tages die Rede. Er soll direkt am Gefängnis enden.

Blum fragt Frau Hansen, wie ihr Film war und ob es schon eine offizielle Ladung zu Smuceks Verfahren vom Gericht gibt.

Die Antworten lauten: „Himmlisch“ und „nein, aber ich werde nachfragen“.

Heute ist ein Tag ohne Gerichtstermine. Blum trinkt Morgenkaffee mit Feldhusen.

„Gibt es was Neues zum Scheunenmord?“, fragt der Referendar.

„Ja, das gibt es. Aber Schritt für Schritt, außerdem wollen wir ja nachweisen, dass es gar kein Mord war.“

Blum hat eine Frage. „Was erzählt man sich in der Stadt über den Postraub?“

„Dass der Mann eine Fahne hatte und mehrere Passanten, die an der Verfolgung beteiligt waren, auf eine Belohnung hoffen."

„Dass er sich sogar noch Mut antrinken musste, hat mir unser Klient gar nicht erzählt, interessanter Aspekt. Gestern hat seine Frau Unterlagen gebracht. Ich möchte, dass Sie den Entwurf für den Antrag auf eine Haftprüfung machen mit Begründung."

„Dass er betrunken war zur Tatzeit ..."

„Nein, nein, das ist etwas für die Verhandlung, und wir brauchen Zeugen dafür. Wir wollen eine Aussetzung des Haftbefehls. Er ist unbestraft und hat gestanden, wohnt mit Frau und vielen Kindern in Itzehoe, er war Gefreiter im Krieg, er würde sich täglich beim Polizeirevier melden und es gibt nichts zu verschleiern, weil er gefasst wurde und die Beute sichergestellt werden konnte. So in der Art."

„Aber es ist ein Verbrechen", erwidert Feldhusen, „mit hoher Strafe. Und Geständnis, er wurde doch gleich gestellt."

„Ja, wir wandeln auf dünnem Eis. Und er ist nicht sehr gewinnend in seinem Auftreten. Aber ich möchte die Möglichkeit nutzen. Ich habe es der Frau quasi zugesagt."

Blum trinkt den letzten Schluck Kaffee.

„Und was die Polensache betrifft. Das Schwurgericht hat mir die Offizialverteidigung entzogen, ohne Begründung. Der Herr Gerichtsvorsitzende wollte dies mir gegenüber auch nicht erläutern. Aber ich habe jetzt eine Wahlvollmacht und damit Staatsanwalt Panek in die Suppe gespuckt, wie man im

Schützengraben gesagt hätte. Kennen Sie einen jungen Kollegen Mathiessen?"

„Hat man ihm den Fall gegeben?".

Blum raucht die erste Sanoussi des Tages. „Hat man. Kennen Sie ihn?"

„Ich weiß auch nur, dass er in diesem Jahr angefangen hat. Soll von einem Dorf kommen. Aber sein Büro hat er hier."

Jung, unbedarft und auf Gebühren angewiesen, denkt Blum.

„Sonst hat sich nichts an unserer Strategie geändert. Nur, dass ich jetzt freischwebend agiere. Haben Sie mit Ihrem Vater gesprochen?"

Blum wollte den ärztlichen Befund aus der Akte überprüfen lassen und sich Informationen über typische Verletzungen beim Erhängen verschaffen. Da Feldhusens Vater praktischer Arzt ist, sollte sein Sohn ihn befragen.

„Ich habe mit meinem Vater gesprochen. Außerdem hat er mir zwei dicke Wälzer aus seiner Praxis gegeben." Der Referendar zieht zwei Blätter Papier aus seinem Sakko.

„Medizinisch tritt der Tod beim Erhängen oder Erdrosseln durch ..." Feldhusen braucht mehrere verbale Anläufe, „Asphyxie ein. Die Zellen können keinen Sauerstoff mehr aufnehmen und transportieren und kein Kohlendioxyd mehr abgeben. Dann geht es ganz schnell."

Ohne den Fachbegriff weiß Blum das schon.

„In dem Buch war auch ein Absatz zur Leichenschau. Nicht, dass mein Vater jemals so was gemacht hätte, Grundkenntnisse mussten sie aber lernen. Dort steht zum Tod durch Erhängen …", er liest vom Zettel ab: „Es bilden sich Strangmarken. Je nach der vergangenen Zeit sind sie zunächst ziemlich hell, trocknen schließlich infolge der stets erfolgenden Hautabschürfungen hellbraun und dann dunkelbraun ein, wobei die Konsistenz lederartig fest wird."

Smuceks Verletzungen am Hals waren bräunlich verfärbt.

„Es gibt auch einen Absatz zu atypischem Erhängen, also wenn das Seil reißt. Im Buch steht: Können die Karotiden bei Abklemmen der Venen noch mehr oder weniger lange Zeit wenigstens teilweise durchgängig bleiben, können deutlich vitale Reaktionen gesehen werden. Diese reichen von kleinen lokalen Blutungen im Bereich der Strangmarke bis zu Stauungserscheinungen im Gesicht mit Konjunktival- und Hautblutungen. Konjunktival bedeutet an der Bindehaut."

An Smuceks Gesicht oder Augen war Blum nichts aufgefallen.

„Mein Vater sagt, er ist nur ein einfacher Hausarzt, aber Erhängen sei der typische Selbstmord und Erdrosseln und Erwürgen der typische Mord."

So sieht Blum das auch und bedankt sich.

„Ein Baustein mehr, um Zweifel beim Gericht an der Anklage zu säen. Im Zweifel für den Angeklagten, hat man ihnen auf der Universität doch sicherlich auch beigebracht."

„Aber womit soll sich der Pole aufgeknüpft haben, das ist doch die Frage."

„Das bleibt die Frage. Aber wir werden Zeugen haben, die zum Teil längere Zeit an dem Morgen in der Scheune waren. Sie können etwas gesehen haben, dem sie damals gar keine Bedeutung beigemessen haben."

„Und was ist mit dem Antrag auf Exhumierung?"

„Ich habe ihn der Staatsanwaltschaft nicht formell übersandt. Aber vor Gericht bleibt er möglich, je nachdem, wie sich die Verhandlung entwickelt."

Feldhusen hat noch ein Anliegen. „Kann ich Sie irgendwann auch einmal ins Gefängnis begleiten?"

„Meine Antwort bleibt gleich. Smucek ist so angespannt. Eine weitere Person, die er nicht kennt, das würde ihn vollends verwirren. Sie sehen ihn im Gerichtssaal. Aber zum Posträuber können Sie mich das nächste Mal begleiten. Er macht einen stoischen Eindruck. In der Polensache können Sie aber mal über das Für und Wider eines Antrags auf einen Ortstermin nachdenken."

Der Referendar geht zu Frau Hansen, um sich die Akten zum Bearbeiten geben zu lassen.

Blum hat Zeit für einen Blick in die Zeitung. Sie berichtet kurz über die Identifizierung von Czeslaw, ohne seinen Namen zu nennen. Die Überschrift lautet: „Unbekannter Toter ermittelt."

Dann bearbeitet er zwei Akten und geht die Tagespost durch.

Nach dem dritten Schriftstück ruft er Feldhusen noch einmal herein.

„Dieser Strolch. Anwalt von Brixen verweigert für seine Mandantschaft die Wiedereinstellung unserer freigesprochenen Männer aus dem Lohnbüro. Das Vertrauensverhältnis sei unwiederbringlich zerstört. Prüfen Sie, was dagegen zu machen ist."

Der Strolch verspätete sich. Blum ist der erste im Gasthaus Laage und hat schon Holsteiner Erbseneintopf mit Kochwürsten geordert.

„War Herr Kaufmann Wunderlich schon bei Dir. Der den Liebhaber seiner Frau gezüchtigt hat. Ein höheres Tier bei der Stadt und selbst verheiratet. Sodom, Gomorrha, Itzehoe", sagt Brixen als erstes.

„Er war in meiner Sprechstunde. Ich hoffe, er kam erst nach seiner Tat zu Dir und Du hast ihn nicht noch angestachelt. Denn er hat sich natürlich strafbar gemacht."

Fräulein Gerda bringt die zweite Suppe.

„Nächsten Mittwoch geht's also los?", fragt Brixen und zerschneidet das Wurstpaar in kleine Stückchen.

Blum erzählt ihm die neuen Entwicklungen ausführlich.

„Warum haben sie nicht Löhring junior statt Deiner bestellt. Dumm wie Bohnenstroh, ist das keine Qualifikation. Aber ansonsten ...", er hat den Teller leer, wie bei Romeo und Julia, nur am Ende *nicht* beide tot. Und Du willst Dich für 17 Silberlinge gegen alle stellen. Jedenfalls hast Du diesen Antrag zum Ausgraben der Leiche nicht gestellt. Denke später mal daran, wer Dich, wenn auch nicht mehr ganz nüchtern, vor diesem Skandal mit seinem Rat bewahrt hat."

„Silberlinge nimmt doch wohl derjenige an, der sich jetzt bei der Justiz fügsam zeigt und dann bevorzugt Offizialverteidigungen bekommt. Außerdem entscheide ich im Prozess, ob der Antrag doch noch kommt.“

Brixen bestellt heute einen doppelten Weinbrand. Blum bleibt beim einfachen.

„Es wird doch um ein Leben gespielt. Da spiel ich mit. Vielleicht habe ich auch gezweifelt, ob das ratsam ist. Aber nach Paneks Manöver nicht mehr. Ich bin kein Komparse für ein Justiztheater.“

„*Ut desint vires tamen est laudanda voluntas*“, sagt Brixen. „Der Wille ist lobenswert, wenn auch die Kräfte nicht ausreichen.“

Kaffee und Weinbrand kommen.

„In der Stadt erzählt man sich, dass die Nationalsozialisten am Abend des Prozesses einen Marsch organisieren wollen.“ Blum kippt den Schnaps.

„Lass' sie. Das Volk will Dampf ablassen. Du kennst meine Meinung. Ich möchte nicht im Paradies der Roten landen, aber auch nicht unter die SA-Stiefel kommen. Prost.“ Brixen trinkt doppelt.

Blum glaubt nicht, dass immer mehr Leute, gerade in dieser Gegend, die Braunen wählen und unterstützen, weil sie Dampf ablassen wollen. Das ist schon mehr, und es sind viele. Ihn hat besonders die Agitation gegen den für Deutschland ungünstigen Friedensvertrag von 1918 abgestoßen. Auf Jahrzehnte müssen hohe Reparationszahlungen aufgebracht werden. Das ist im Ergebnis sicherlich ungerecht, weil die Zahlungen nur durch hohe Steuern für alle zu finanzieren sind. Die politische Welle gegen das „Versailler Diktat“ läuft aber auf neue Revanche hinaus und bedeutet Krieg gegen Frankreich. Den hat er schon einmal geführt.

„Erinnern soll ich Dich an den alljährlichen Geburtstag meines Erstgeborenen. Sonnabend Nachmittag Kindergeburtstag, der Abend gehört Eltern und Paten, ganz besonderen Freundinnen und Freunden des Hauses.“

Natürlich hat Blum das im Kopf. Felix von Brixen wird acht. Clara Hansen hatte zu einem technischen Baukasten als Geschenk geraten und es besorgt. Natürlich würde auch Agnes Barin eingeladen, die andere Patin. Mit Brixens Hilfe seit einem Jahr geschieden und zu ihrer Itzehoer Familie zurückgekehrt. Seitdem sind die Eheleute von Brixen sehr um Kontakte der beiden bemüht. Blum weiß das und hat sich schon eigene Gedanken gemacht. Die behält er aber erst mal für sich.

„Agnes freut sich schon auf den Abend. Sie wird allein kommen“, sagt Brixen mit einem Lächeln.

„Ach“, antwortet Blum. „Sehr schön, sehr schön.“

Die Kaffeetasse absetzend, hat er noch eine Frage.

„Malt Margaretha eigentlich noch?“

„Meine Frau malt nicht, sie zeichnet. Kinder, Blumen, Stühle, Gartenmotive, Katzen, ich glaube auch einmal das Auto. Möchtest du Portrait sitzen?.“

„Ich habe ein Motiv im Auge.“

Es wird Zeit zu gehen.

In der Nachmittagssprechstunde erscheint ein städtischer Angestellter. Der soll für eine Prämie kommunale Malerarbeiten an eine bestimmte Firma vergeben haben, mehrmals in den letzten Jahren. Man hat ihm die Suspendierung vom Dienst angekündigt. So sei es aber alles nicht gewesen. Er erinnert an den guten Ausgang des Prozesses mit den Männern aus dem Lohnbüro der Zementfabrik, davon hat er gelesen. Das Ergebnis möchte er auch gern. Blum lässt ihn eine Vollmacht ausstellen und vereinbart eine höhere Vorschusszahlung.

Dann stellt Frau Hansen ein Telefonat durch. Ein Redakteur Nolte von den „Itzehoer Nachrichten".

Blum kennt ihn nicht persönlich. Artikel von ihm hat er gelesen.

„Guten Tag, Herr Doktor", eine angenehme Stimme, „ich werde in den nächsten Tagen noch etwas Größeres zum Scheunenmord-Prozess schreiben und wollte auch Ihnen die Möglichkeit geben, etwas aus Ihrer Sicht zu sagen. Vielleicht können wir uns treffen. Jederzeit, wo Sie möchten."

Blum will nicht reden und hat alle diesbezüglichen Anfragen abgelehnt. „Am nächsten Mittwoch wird geredet werden. Nicht vorher, das habe ich Herrn Nansen auch schon gesagt."

„Gewiss, dem Prozess will ich nicht vorgreifen. Mich interessiert Ihre Meinung zu zwei anderen Dingen. Ich möchte eher Ihren Rat, ob ich das so veröffentlichen kann."

Meinen Rat, denkt Blum.

„Man hat mir zugetragen, dass Ihr Klient vor einigen Tagen dabei war … Anstalten gemacht hat, sich selbst zu richten. Mit einem Laken, in seiner Zelle."

Smucek wollte Selbstmord begehen? Blum stutzt.

„Das wäre natürlich, vielleicht menschlich verständlich, aber wohl doch in den Augen der Öffentlichkeit wie ein Eingeständnis von Schuld, was meinen Sie?“

Woher hat der das? Blum ist nun verunsichert.

Die gleichbleibend freundliche Stimme am Telefon ist noch nicht am Ende. „Noch ein Zweites treibt mich um. Vielleicht nur ein Detail. Im letzten Jahr war der Pole ja schon einmal hier, in einem Nest in Vorpommern. Wussten Sie, dass dort ganz auf der Ecke eine Frau ... man sagt erdrosselt worden ist? Die Polizei hat den Mörder noch nicht gefasst.“

Smucek arbeitete in der Stettiner Gegend. Das hatte er Blum gesagt. Aber nie war in den Akten von einer anderen Tat die Rede gewesen. Was soll das?

„Was wollen Sie?“, fragt er.

„Ein Gespräch unter vier Augen wäre vielleicht im allseitigen Interesse. Natürlich will ich Ihre kostbare Zeit nicht über Gebühr in Anspruch nehmen. Ich könnte Sie in Ihrem Büro aufsuchen. Auch jetzt gleich. Wie Sie wünschen.“

Blum will diesen Mann gar nicht sehen. Aber da ist so viel Unerwartetes.

„Erscheint Ihr Artikel schon morgen?“

„Nein, nein. Wie ich sagte, in den nächsten Tagen. Auch Ihre Sicht der Dinge würde ich veröffentlichen. Wenn Sie das wünschen, selbstverständlich nur, wenn es nützlich ist.“

Blum ist ungeübt im Umgang mit Presseleuten. Nansen kennt er wohl, ein Schwerkriegsversehrter, der über die Prozesse der Stadt schreibt. Ein umgänglicher Mann. Aber dieser?

„Morgen nach meinem Büroschluss, gegen sechs Uhr. Kennen Sie die Gastwirtschaft Petersen in der Auguste-Viktoria-Straße am Gericht?“

„Natürlich“, sagt die freundliche Stimme. „Ich werde pünktlich da sein. Vielleicht kann ich Ihnen auch nützlich sein, Herr Doktor. Man hat so seine Kontakte nach all den Jahren. Eine Hand wäscht die andere. Auf Wiederhören.“

Blum atmet durch. Hat er sich überrumpeln lassen? Das mit der Sache in Vorpommern muss nicht stimmen und ist irrelevant. Aber wollte Smucek sich das Leben nehmen. Das zu lesen, wäre ein Schlag. Was für ein gerissener Schmierfink. Aber ein Gespräch kann nicht schaden. Vielleicht kann es Schaden verhindern.

Aber er braucht Klarheit. Dafür muss vielleicht das Mittagessen ausfallen. Ob die Schwester abkömmlich ist?

Das Essen muss dann aber doch nicht ausfallen. Der Gefängnisbesuch mit Schwester Danuta dauert nur 10 Minuten. Blum erzählt nicht direkt von dem Anruf des Journalisten. Er kleidet seine Fragen in die Wendung, in der Stadt habe er etwas gehört. Sein Klient sagt, im letzten Jahr wären sie zur Arbeit auf einem viel größeren Gut gewesen. Er blieb aber nur bis zum Sommer, weil er sich beim Sensen selbst verletzt hatte und frühzeitig nach Hause musste. Damals sei nichts vorgefallen, von einer toten Frau habe niemand gesprochen.

Das war Blums erste Frage gewesen. Bei der anderen druckst Smucek herum, schüttelt den Kopf, sagt nichts. Die Schwester fragt schärfer. Langsam kommen Sätze. Vor Tagen hat man ihm zu der groben und unsauberen Gefängnisdecke ein Laken zum Überziehen gegeben. Zwei der jüngeren Wachtmeister waren dazu in seine Zelle gekommen. Er musste sich, wie es Vorschrift ist, bei ihrem Eintreten vor dem Zellenfenster an die Wand stellen und Meldung machen, seinen Namen sagen. Dann hatten beide ihm gezeigt, wie man das Laken verknotet, den Kopf in die Schlinge steckt und das Laken dann an den Gittern des geöffneten Fensters festmachen kann. Daraufhin waren sie lachend wieder gegangen.

„Keine Menschen," sagt Schwester Danuta, „dürfen so etwas machen." Blum verspricht, eine Beschwerde einzureichen. Aber das will Smucek nicht.

Wie kommt so was in die Redaktion der „Itzehoer Nachrichten", denkt Blum. Er verspricht, einen letzten Besuch kurz vor dem Prozessbeginn zu machen.

Bei Laage ist er verspätet. Brixen löffelt schon eine deftige Hühnersuppe.

„Kennst Du einen Redakteur Nolte von den Nachrichten?" Fräulein Gerda ist heute erkrankt und die Tochter des Wirtes serviert auch ihm das Tagesgericht.

„Nein. Ich kenne Enno Jochimsen, den Verlagsleiter. War etliche Klassen über uns. Seine Frau ist aus Berlin. Wieso fragst Du?"

Blum pustet auf die heiße Suppe in seinem Löffel. „Der hat mich gestern angerufen. Ich habe mich heute Abend mit ihm verabredet.“

Auf die erstaunte Nachfrage hin erzählt er die ganze Geschichte.

Brixen legt die Stirn in Falten. „Willst Du ihm von dem Foto erzählen und Deinem vermaledeiten Plan mit der Leiche?“

„Natürlich nicht. Aber ich will hören, was er weiß oder zu wissen glaubt. Es kann ja nicht schaden. Auch, wenn es ungewöhnlich ist.“

Brixen tupft mit der Serviette seinen Mund. „Alle Blätter, die ich gelesen habe, schreiben zum Scheunenmord doch ungefähr das gleiche. Hoffst Du etwa, Dein kleiner Pole kann plötzlich in der größten Zeitung hier auf Milde rechnen?“

Blum schüttelt den Kopf. Dann sprechen sie über die beiden Wärter mit dem Laken. Brixen meint, wenn andere die Zelle betreten könnten, würde es bei so etwas nicht bleiben.

Blum hat eine volle Nachmittagssprechstunde und ist mit einigen Diktaten und der Unterschriftenmappe erst kurz vor sechs fertig. Dann bricht er auf. Frau Hansen wird auch gleich gehen.

Die Gastwirtschaft Petersen ist eine normale Kneipe. Erste Gäste rauchen und trinken am Tresen und an den wenigen Tischen des kleinen Schankraums. Man hat kein Erkennungszeichen abgemacht. Blum sieht sich um und wird von einem Mann, der allein sitzt, angesprochen. „Guten Abend, Dr. Blum. Der

Kollege Nansen hat Sie mir gut beschrieben, Nolte mein Name."

Ein Mann in den Vierzigern, alter Anzug mit Strickweste, einen gewirbelten Schnurrbart im Gesicht. Vor ihm stehen eine Tasse Kaffee und eine Schnupftabakdose.

Blum setzt sich und ordert auch einen Kaffee. Die beiden mustern sich. „Sie haben schon viel über den Scheunenmord geschrieben. Wie es war und was für ein Urteil das Gericht fällen wird. Warum treffen wir uns?"

„Jeden Tag verkaufen wir 14 000 Zeitungen, Herr Rechtsanwalt. Und so einen Mord gab es hier bei uns seit Jahrzehnten nicht. Die Leute wollen darüber lesen. Der Wurm muss dem Fisch schmecken, nicht dem Angler." Nolte legt Schnupftabak auf den linken Handrücken und zieht ihn in die Nasenlöcher.

Blum erzählt von dem Laken und fragt mit einer Tonlage, die er für widerspenstige Zeugen parat hat: „Woher haben Sie eine andere Lesart dieses Vorfalls, der in einem deutschen Gefängnis nicht vorkommen sollte?"

„So wie Sie verschwiegen sein müssen, bin ich es auch. Ich habe durch meine Arbeit gute Kontakte zu allerlei Stellen in den Ämtern. Was ist Ihre Meinung dazu?" Nolte reicht einen ausgeschnittenen Zeitungsartikel aus seiner Anzuginnentasche über den Tisch. Blum überfliegt ihn. Eine Frau ist in einem Dorf namens Hoppenwalde erdrosselt aufgefunden worden. Mit Handschrift ist ein Datum am Rand vermerkt. 29/04/30.

„Das ist alles, was soll das?"

„Hat Ihr Klient nicht zu der Zeit auf dem Gut Behrendshof gearbeitet, 5 bis 6 Kilometer entfernt?"

„Niemand hat ihn deswegen jemals verdächtigt. Das ist doch ohne Belang."

„Was ist denn von Belang, Herr Doktor. Wie kann man denn aus der Schlinge", Nolte lächelt, „wieder herauskommen?"

„Wir verschwenden unsere Zeit, wenn Sie glauben ich würde Sie in die Karten sehen lassen. Seien Sie Mittwoch pünktlich im Gerichtssaal, oder lassen Sie es sich von Herrn Nansen berichten."

„Sie wollen also mitspielen, haben Sie denn auch Trümpfe? Ist der Pole krank, abartig veranlagt, geht es darum?"

„Einen guten Abend noch", sagt Blum, legt 10 Pfennige neben die kaum angerührte Kaffeetasse und steht auf.

Nolte startet noch einen Versuch. „Was tut der Pole so, leidet er, betet er, er soll einen Priesterbesuch bekommen haben?"

„Fragen Sie Ihre Amtskontakte doch mal, wie ein Geständnis zustande kommt, wenn jemand weder deutsch sprechen noch lesen kann."

Dann geht Blum. Das hätte er wohl besser nicht sagen sollen. Doch er fühlt sich provoziert, in die Ecke gedrängt.

Zu Hause findet er zwei Stück selbstgebackenen Apfelkuchen. Den hat die Reinmachefrau ihm mitgebracht. Er isst sie dankbar als Abendbrot.

Mit Redakteuren wird er sich nicht mehr treffen. Er liest in Fontanes „Schach von Wuthenow" weiter und geht früh ins Bett. Donnerstag hat er eine Berufungsverhandlung mit vielen Zeugen.

18

Freitagabend.

Vor der Tür von Baumanns Gesellschaftshaus stehen einige breitschultrige Männer. Sie mustern Blum, als er an der Gaststube vorbei zu dem großen Saal geht.

Der Versammlungsbeginn ist auf halb sieben angesetzt. Blum ist zeitig gekommen. Der Saal wird auch für Feiern und Tanzfeste genutzt. Heute sind aber Stuhlreihen aufgestellt. Zwei Transparente hängen an der Stirnseite. Weiße Schrift auf rotem Tuch. „Gerechtigkeit für Jakubowski" und „Weg mit der Todesstrafe!". Hinter dem Podium stehen drei Männer und diskutieren.

Rechts vom Eingang ist ein langer Tisch mit Büchern und Broschüren. Blum sieht ein Buch mit Paragrafenzeichen auf dem Titel. Felix Halle: „Wie verteidigt sich der Proletarier in politischen Prozessen vor Polizei, Staatsanwaltschaft und Gericht?" Davon gibt es einen ganzen Stapel. Mit Erlaubnis der Frau hinter dem Tisch blättert er darin. Es ist aufgezogen wie ein strafrechtliches Lehrbuch. Mit Kapitelüberschriften wie Festnahme, Untersuchungshaft, Verhalten als Zeuge und Rechtsmittel. Sogar Formulare für Anträge und Beschwerden gibt es. „Unser Renner", sagt die Frau, „kostet nur 1,20 Mark." Blum kauft und guckt weiter.

Blum gelingt es, das gekaufte Werk in seiner Manteltasche zu verstauen. Er sieht sich um. Kein bekanntes Gesicht. Auch kein Redakteur einer Zeitung. Der Saal füllt sich, noch sind aber nicht alle Stühle besetzt. 30 Menschen mögen gekommen sein. Mehr Männer als Frauen, eher einfach gekleidet. Blum bemerkt nur einen anderen Mann in Anzug und Krawatte. Einen anderen Juristen aus der Stadt zu sehen, hat er nicht erwartet. Außer vielleicht Ewald Kilb, der ist ein älterer Kollege und ein in der Stadt sehr bekannter Strafverteidiger und für die Sozialdemokraten in der Ratsversammlung. Die meisten Zuhörer sind eher Arbeiter, kleine Leute.

Vom Podium aus wird gegen ein Glas geklopft. Es wird ruhig. Ein Mann stellt sich als Sekretär der Roten Hilfe vor und begrüßt die Anwesenden. Blum hat sich in eine der hinteren Reihen gesetzt. Rechtsanwalt Dr. Ernst Hegewisch aus Hamburg wird als Redner vorgestellt, und ihm wird das Wort erteilt.

Der Kollege ist in den Fünfzigern, eine große, hagere Gestalt. Auch er grüßt die Erschienenen. Gesetzliches Unrecht sei sein Thema, die Schande der Todesstrafe.

Hegewisch berichtet über den „Fall" Jakubowski. Ein Fehlurteil, das nie mehr wirklich zu korrigieren ist. Im November 1924 war im Mecklenburger Land ein Kind ermordet aufgefunden worden. Vor Gericht stellte man dessen unehelichen Vater, den polnischen

Landarbeiter Josef Jakubowski. Er beteuerte seine Unschuld, doch es erging ein Todesurteil. Im Februar 1928 wurde er hingerichtet. Schon immer gab es auch einen anderen Kreis von Verdächtigen, im Verfahren gegen Jakubowski waren sie aber nur als Zeugen vernommen worden. Besonders den nicht nachlassenden Ermittlungen eines Ortspolizisten war es zu verdanken, dass sie später vor Gericht kamen und verurteilt werden konnten. Damit war das erste Todesurteil ein Justizirrtum mit blutigen Folgen. Der Fall Jakubowski, der eigentlich der Fall der deutschen Justiz ist, sei im ganzen Land bekannt geworden. Es gab Debatten im Reichstag und Initiativen, endlich mit der Todesstrafe Schluss zu machen. Um dies zu unterstützen und zu fördern, hatte Rechtsanwalt Arthur Brandt aus Berlin seit 1928 für die Eltern von Jakubowski – unterstützt von der Deutschen Liga für Menschenrechte – ein Wiederaufnahmeverfahren angestrengt.

Soll man für einen Toten die Wiederaufnahme seines Prozesses betreiben, fragt Hegewisch seine Zuhörer. Das sei nötig, um die Ehre des Toten wiederherzustellen. Und es sei ein Beweis, dass zu Unrecht legal getötet worden ist. Diese Rehabilitierung zu erreichen, sei sehr schwer. Die wahren Täter hatten Jakubowski beschuldigt, der Anstifter ihrer Tat gewesen zu sein. Jetzt geht es um den vollständigen Beweis seiner Unschuld. Schon einmal war der Wiederaufnahmeantrag bis zum Reichsgericht gegangen. In diesen Wochen hat Dr. Brandt neue Anträge an das Landgericht Neustrelitz gestellt. Erneut wird die

Sache auch im Reichstag zur Sprache gebracht. Künstler und Schriftsteller bereiten eine Erklärung vor. Aber auch die Menschen im ganzen Land sollten ihre Stimme erheben. Deshalb finden überall Versammlungen wie heute Abend statt. Er selbst habe schon in Hamburg, Stade und Altona gesprochen.

Hegewisch trinkt aus einem Wasserglas. Er hat die volle Aufmerksamkeit der Zuhörer.

Die Todesstrafe habe eine viel zu lange Tradition in Deutschland. Jedes Jahr gebe es über 30 Todesurteile durch die deutsche Justiz. Die Androhung der lebenslangen Haft bei schweren Verbrechen sei ausreichend. Die Abschaffung ist nicht nur eine humanitäre Pflicht, sondern müsse auch der Beginn sein, die reaktionäre Justiz und ihr Gefängnissystem zu demokratisieren und Schluss zu machen mit der Fortdauer des § 218 und anderer Vorschriften, die überlebt sind. „Der Kurs der Justiz in Deutschland geht heute schon scharf gegen alles, was rot ist. Doch die heutigen Prozesse sind nur Ouvertüren, das schlimme Ende wird erst kommen, wenn der Vorhang des Dritten Reiches hochgeht."

Der Redner kommt zum Schluss.

Die Todesstrafe habe in der ganzen, sich zivilisiert nennenden Welt, Verbreitung. In Amerika wurden acht schwarze Jugendliche, Kinder noch, in der Stadt Scottsboro unschuldig wegen der angeblichen Vergewaltigung einer weißen Frau hingerichtet. Und vor wenigen Jahren konnten große Proteste in der ganzen Welt nicht verhindern, dass die revolutionären Arbeiter Sacco und Vanzetti auf dem elektrischen

Stuhl sterben mussten. Die Unterstützung der Wiederaufnahme im Fall Jakubowski sei ein wichtiger Beitrag, um in Deutschland die Todesstrafe zu Fall zu bringen.

„Blicken wir in die Zukunft", sagt Hegewisch, „spätestens in einer Generation, in dreißig Jahren, 1961, darf es diese staatlich exekutierte Barbarei auf der ganzen Welt nicht mehr geben."

In den Beifall stimmt auch Blum ein.

Warum eine Wiederaufnahme so lange dauert, will der erste Fragesteller wissen. Hegewisch erläutert, dass es viele juristische Hürden gibt und – leider – das Gericht zuständig sei, dass seinerzeit das Todesurteil gefällt hat.

Eine Frau erntet Widerspruch mit der Meinung, dass die Todesstrafe auf ganz wenige Taten wie Kindestötungen beschränkt werden sollte. Ein anderer Zuhörer möchte wissen, ob es im Reichstag eine Mehrheit für die Abschaffung gibt. Das muss Hegewisch verneinen.

Der Versammlungsleiter verweist auf die Kosten des langwierigen Verfahrens und bittet um Spenden, die am Ausgang gesammelt werden. Dann dankt er für die Teilnahme und das Referat und verweist auf das angebotene Material auf dem Büchertisch. Die Versammlung ist vorbei.

Diese gute Stunde bereut Blum nicht. Viele Details und Hintergründe zum Fall Jakubowski hat er nicht gekannt. Das Unkorrigierbare bei der Todesstrafe ist auch sein Hauptargument dagegen. Eine Abschaffung heutzutage ist natürlich illusorisch.

Von dem Hamburger Kollegen hat er noch nie gehört. Bekanntmachen will er sich schon und tritt an den Podiumstisch. Hegewisch ist im Gespräch. Blum wartet.

Dann ist Gelegenheit. Hegewisch ist ein wenig überrascht und erfreut. „Kollegen trifft man nicht häufig auf solchen Veranstaltungen. Und die wenigen kenne ich alle." Da bis zu seiner Bahnfahrt noch Zeit bleibt, bittet er um Fortsetzung des Gesprächs in der Gaststube.

Blum ist interessiert. Der Hamburger bestellt ein Kännchen Kaffee und er ein Bier.

Hegewisch arbeitet viel als Strafverteidiger, fast immer im Auftrag der Roten Hilfe, in ganz Norddeutschland. Er ist aber auch Justiziar sowjetischer Handelsfirmen in Hamburg.

„Was für politische Verfahren", fragt Blum.

„Es sind schon viele, und es werden immer mehr in diesen Zeiten. Oft ergeben sie sich aus politischen Aktionen oder Zusammenstößen mit den Nazis. Landfriedensbruch, Widerstand, Körperverletzung, Verstöße gegen das Uniformverbot, Nötigung durch Streikpostenstehen, Pressedelikte, viel mehr als ich eigentlich bewerkstelligen kann. In Kiel gibt es noch zwei sozialdemokratische Kollegen, aber sonst bin ich viel unterwegs."

„Und Sie", fragt er Blum und zündet zum Kaffee eine Zigarre an. Dieser erzählt von seinen ersten Anwaltsjahren und was sich daraus entwickelt hat. Dann auch von Smuceks Prozess, denn deshalb hat er den Kollegen überhaupt angesprochen.

„Da muss man Ihnen und Ihrem Klienten alles Gute wünschen. Meine Meinung ist seit langem: Wirklich unpolitische Verfahren gibt es nicht. Für die Justiz jedenfalls nicht, auch wenn sie es weit von sich weisen würde. Dr. Brandt hat mir erzählt, Jakubowskis Anwalt hat sich wirklich bemüht, er war dran, die Anklage zu erschüttern. Aber er hat geglaubt, dass man sich in Neustrelitz an die Spielregeln hält. Das war ein Irrtum, wie wir heute wissen."

Sie sprechen noch über Arbeit und Leben in einer kleinen Stadt. Hegewisch selbst war bis 1926 im niedersächsischen Celle. „Mit Kollegen und der Kammer hatte ich es nicht immer leicht, damals."

Der Versammlungsleiter kommt in den Gastraum. „Es ist Zeit, Genosse."

„Ich muss die letzte Bahn bekommen. Es hat mich sehr gefreut. Wenn es Sie nach Hamburg oder Altona verschlägt, kommen Sie gern vorbei." Hegewisch gibt Blum seine Visitenkarte. Blum bedankt sich und überreicht seine eigene.

Drei der Männer vom Eingang treten hinzu. „Sie gehen in Begleitung zum Bahnhof?", fragt Blum.

„Sie haben mich schon abgeholt. In diesen Zeiten und bei meinen Ansichten ist das wohl nötig."

Blum zahlt für beide. Hegewisch verspricht sich in Hamburg zu revanchieren, und sie verabschieden sich.

Auf dem Nachhauseweg denkt Blum: Das ist ein interessanter Mann, etwas zuviel Politik.

19

In der Villa von Brixen wird Blum am nächsten Abend vom Hausherrn persönlich empfangen.

Die Spuren des Kindergeburtstages sind schon beseitigt. Aber sein Patensohn ist auch um acht noch aufgekratzt. Er nimmt sein Geschenk entgegen und freut sich. Dann muss Blum die anderen Geschenke in seinem Zimmer bestaunen. Er sieht einen Flugdrachen, einen Bauernhof mit holzgeschnitzten Tieren, Bilderbücher und eine Dampfmaschine.

Erst danach ist Gelegenheit, die Damen zu begrüßen. Ein Kuss auf beide Wangen für Margaretha von Brixen und auch für Agnes Barnin. Von der anderen erfreut bemerkt.

Die beiden sind enge Freundinnen. Margaretha, die Tochter eines sehr wohlhabenden Zuckerfabrikanten aus der Stadt. Agnes, eine Kaufmannstochter, von einem Lübecker Unternehmer geschieden und kinderlos. Agnes ist gut angezogen, schwarzhaarig, charmant und hübsch, mit edlem Schmuck. Margaretha blond und in allem noch eine Klasse besser. Was Blum nie sagen würde. Als Blum nach Itzehoe zurückgekommen war, verlobte sich Brixen gerade mit ihr. Bei dieser Feier lernte er dann auch Agnes kennen. Bei der großen Hochzeit war Agnes selbst schon verlobt gewesen.

Der jüngste Brixen, Robert, ist schon im Bett. Felix wird der Kinderfrau übergeben. Man geht ins Speisezimmer. Der Tisch ist schlicht-elegant gedeckt. Es wird serviert. Die Köchin hat Frühlingssuppe gekocht, danach gibt es Pastete mit einem Ragout aus Fleischstreifen, Spargeln und Pilzen, dazu Weißwein.

Margarethas Themen bestimmen die Konversation: Kinder, Reisen, Tennis und Kunst. Sie fordert Blum auf, über den Prozess gegen den Maler Amseln Rex zu erzählen, und berichtet selbst sehr spöttisch über die Damen, die sich um seine Gunst als Gönnerinnen streiten. Blum tut ihr den Gefallen und schmückt die Geschichte weidlich aus.

Das Sorbet und den Mokka gibt es in einem anderen Zimmer. Brixen und Agnes gehen vor.

„Du zeichnest noch viel und gern?", fragt Blum. Frau von Brixen bejaht. „Ich hätte einen kleinen Auftrag für ein Wunschbild." Sie ist interessiert und lässt es sich erklären. Dann geht sie in die Schlafzimmer ihrer Kinder und Blum in den Salon.

Der Abend wird lang und angenehm. Sekt wird getrunken. Unbeschwertheit gehört seit Wochen nicht zu Blums Gemütslage. Mit den Damen verabredet er sich für die angekündigte Ausstellung junger Künstler in der Stadt. Brixen ist ein Kunstmuffel.

Agnes hat seit kurzem eine kleine Wohnung in der Innenstadt. Blum begleitet sie nach Hause.

Am folgenden Dienstag ist er noch ein letztes Mal bei Smucek im Gefängnis.

Er erklärt den Ablauf des Prozesses und die teilnehmenden Personen. Es kommt ein amtlicher Übersetzer aus Kiel. Schwester Danuta hat, wie von Blum angeregt, ein weißes Hemd und saubere Kleidung organisiert, damit Smucek nicht in den Gefängnissachen erscheinen muss. Blum schärft seinem Klienten ein, nichts zu sagen, außer mit seinem Einverständnis. Das Geständnis soll widerrufen werden, die andere Verteidigung wird Blum mit Erklärungen und Anträgen übernehmen.

Blum berichtet vom Besuch des Arbeitskollegen und der kleinen Geldspende. Er kündigt auch den Besuch von Herrn Smolarek nach Ende des ersten Prozesstages an. Das Gericht hat verfügt, dass ein Übersetzer das Gespräch überwacht.

Auch Czeslaws Tod kann nicht verschwiegen werden. Die Schwester bekreuzigt sich. Smucek registriert die Nachricht stumm. Er ist heute sehr schweigsam, fast abwesend.

Blum fragt ihn: „Haben Sie alles verstanden. Möchten Sie noch etwas wissen?“ Sein Klient schüttelt nur den Kopf.

„Ich verspreche nicht, dass alles gut wird. Nur, dass alles versucht wird. Und ich möchte, dass Sie dem anderen Anwalt sagen, ich habe Ihr Vertrauen und spreche für Sie. Werden Sie das tun?“

Smucek nickt kaum wahrnehmbar.

Anspannung kann sich auch so zeigen, denkt Blum. Aber er fragt auch: „Geht es Ihnen schlechter als an den anderen Tagen, wollen Sie mit Schwester Danuta beten?“

Smucek schüttelt den Kopf, sagt einige polnische Worte. „Alles ist in Gottes Hand“, wird übersetzt.

Rechtsanwalt Mathiessen war in den letzten Tagen nicht gekommen, vielleicht am Nachmittag. „Wenn

Sie mir und meiner Arbeit vertrauen, müssen Sie ihm das sagen, in Ihrem Interesse."

Schwester Danuta übersetzt wieder länger als vorgegeben. Smucek nickt. Die Schwester übergibt das Hemd für die Verhandlung und eine Strickjacke.

Diesmal beten beide nicht.

Beim Herausgehen sagt sie zu Blum: „Vor Gott hat Walerjan ein reines Gewissen." Sie wünscht alles Gute. Bei Bedarf wird sie weiter übersetzen.

Blum denkt, die Beichte hat wohl stattgefunden. Vor dem jüngsten Gericht ist sein Klient freigesprochen. Weil er ohne Schuld ist oder weil ihm große Schuld vergeben wurde?

Im Büro erledigt er erst seine Unterschriftenmappe und diktiert zwei Briefe. Dann ist Zeit für die Smucek-Akte.

Alle Anträge, die gestellt werden sollen, liegen getippt vor, sie müssen nur noch vor dem Schwurgericht vorgelesen werden. Die Akte selbst ist nicht dick und schon mehrfach aufmerksam durchgelesen worden. Die Verteidigungslinie steht. Der erste Angriff gilt dem Geständnis. Die zweite Angriffslinie gilt der Bekanntschaft von Opfer und Angeklagtem. Und dann wird es ein Gefecht um Smuceks Verletzungen geben und welche Schlüsse daraus zu ziehen sind. Viel Munition gegen die Anklage. Und etwas Großes hat er noch im Depot. Man muss gut vorbereitet sein, aber auch flexibel, wie es eben so läuft. Und die Anklage wird auch angreifen wollen. Aber Panek muss jetzt mit offenem Visier kämpfen. Das kann man fürchten, aber darf deswegen nicht kapitulieren.

Blum löscht das Licht und schließt sein Büro ab. Er braucht genug Schlaf. Es wird sein größter Prozess. Er ist bereit.

---

§ 13 des Strafgesetzbuchs für das Deutsche Reich
Die Todesstrafe ist durch Enthauptung zu vollstrecken.

20

Mittwoch, 14. Oktober 1931

Der erste Prozesstag

Die Menschenmenge steht auf den Eingangsstufen des Gerichts und zu beiden Seiten davon, bis auf die Straße.

Eine größere Gruppe von Polizisten beobachtet die Leute vom gegenüberliegenden Bürgersteig aus.

Kinder und Jugendliche sind nicht zu sehen. Aber sonst eine breite Mischung, Jüngere und Ältere, viele Frauen, besser gekleidete Städter und Leute vom Land. Vor der schweren Eingangstür des Gerichtsgebäudes stehen SA-Männer und verteilen Flugblätter. Unter ihnen ist Klaus Rehder. Mit kurzen blonden Haaren und einer massigen Gestalt. Ein älterer Mann lässt die Landvolkfahne wehen, schwarz mit silbernem Pflug und rotem Schwert.

Die Stimmung ist erwartungsfroh und offen neugierig. Der Scheunenmord liegt erst fünf Wochen zurück. Das Interesse hat nicht nachgelassen und wurde durch die Presseberichte der letzten Tage noch mal angefacht. In Noltes Artikel war von erdrückenden Beweisen zu lesen, von Geständnis und Sühne, von der Wahrheit, die ans Tageslicht kommt. Kein Wort über den angeblichen Selbstmordversuch, aber ein Hinweis auf die Tote von Hoppenwalde, auch der § 51 – keine Bestrafung wegen Geisteskrankheit – wurde kurz gestreift.

Einige Leute sind auch gekommen, weil sie das Opfer kannten oder die Familie. Die meisten haben aber nur einen Grund. Sie wollen ihn sehen: den Mörder, den Polacken.

Blum hat Schwierigkeiten, sich einen Weg durch die Menge bis zum Inneren des Gerichtsgebäudes zu bahnen. Nicht nur vor, sondern auch im Gebäude stehen die Menschen dicht gedrängt. Justizwachtmeister versuchen Ordnung zu schaffen. Auf den Besucherbänken des großen Schwurgerichtssaals finden höchstens 40 Menschen Platz, dorthin wollen aber über 100.

Blum geht durch die Haupttür in den Sitzungssaal. Die Richterbank steht erhöht. Dahinter das Wappen der Provinz an der Wand. Niedriger gelegen sind die Stühle und Tische für Verteidigung und Anklage. Blum stellt seine Aktentasche ab und zieht seine schwarze Robe an. Kurz nach ihm ist auch Oberstaatsanwalt Panek gekommen und hat sich gegenüber gesetzt. Er begrüßt einen älteren Mann und einen Anwalt, die an einem Tisch neben der Anklage sitzen. Der Mann ist Else Rehders Vater. Eine gedrungene Gestalt in einem schwarzen Anzug, für die wenigen Festlichkeiten des Lebens angeschafft. Er sitzt stumm da, die großen Hände nervös aneinander reibend. Ein Mann, der einen Verlust erlitten hat. Das Gesetz gibt ihm das Recht, als Nebenkläger an dem Prozess teilzunehmen. Ihm zur Seite sein Kieler Anwalt, der mit Panek spricht. Die „Itzehoer Nachrichten“ werden berichten, dass er für die Nationalsozialisten im Provinziallandtag sitzt.

Der Zuschauerraum ist überfüllt. Die Wachtmeister haben einige zusätzliche Stühle dort hingestellt, auf diesen nehmen Honoratioren der Stadt Platz. Unter den Zuschauern sitzt auch Referendar Feldhusen. Klaus Rehder kommt und nimmt einen Platz in der ersten Zuhörerbank ein.

Noch nie hat Blum so viele Berichterstatter im Gericht gesehen. Bekannt sind ihm nur die Itzehoer Redakteure Nansen und Nolte, die in der ersten Reihe sitzen. Man hat eigens eine zweite Pressebank in den Saal geschafft.

Jetzt kommt auch Rechtsanwalt Mathiessen. Mit ihm hat Blum seit der Änderung der Offizialverteidigung ganz bewusst nicht das Gespräch gesucht. Er ignoriert ihn auch jetzt und antwortete auf das leise „Guten Morgen“ nicht.

Der Platz des Angeklagten ist auf einem freien Stuhl zwischen den beiden Verteidigern. Dahinter sitzt der Übersetzer.

Nur gedämpft wird gesprochen. Blum sieht sich um. Panek ist in seine Akte vertieft. Vater Rehder knetet weiter seine Hände, der Kieler Anwalt fixiert die Verteidigerbank.

Schlüsselgeräusche und Hektik der Wachtmeister deuten an, dass der Angeklagte über einen Gang vom Gefängnis direkt in den Saal kommt.

Raunen, Unruhe, Rufe, als Smucek, von zwei Gefängnisbeamten begleitet und in Handschellen, hereingeführt wird. Zwei Fotografen machen mit Blitzlicht Aufnahmen und laufen dann hinaus.

Blum sucht den Blick seines Klienten, findet ihn aber nicht. Sie tauschen einen kaum merklichen Händedruck. Der junge Pole wirkt völlig verstört. Er bewegt lautlos die Lippen, wie bei einem Gebet. Sein Kinn liegt auf der Brust, der Blick ist nach unten gerichtet. Blum winkt den Übersetzer heran. „Ganz ruhig, atmen Sie tief ein, das hilft“, lässt er auf polnisch sagen. Ihm fällt auf, dass sein Klient die Gefängniskleidung trägt und nicht die Sachen, die ihm Schwester Danuta gegeben hat.

Das Gericht erscheint pünktlich um 9 Uhr.

Aus der Tür an der Stirnseite des Saals treten Landgerichtspräsident Krohn als Vorsitzender und zwei weitere Richter in Robe und mit einem Barett auf dem Kopf. Sie setzen sich in die Mitte der Richterbank. Die drei Stühle an beiden Seiten nehmen sechs Geschworene ein. Alles Männer, alle tragen Sonntagsanzüge. Sie bilden das Schwurgericht und entscheiden am Ende mit Mehrheit über das Urteil.

Der Gerichtsvorsitzende nimmt die Kopfbedeckung ab und eröffnet die Verhandlung gegen Walerjan Smucek. Zuerst vereidigt er den Gerichtsdolmetscher aus Kiel. Er stellt die Anwesenheit des Angeklagten, der Staatsanwaltschaft und des Nebenklägers fest.

Dann wendet er sich der Verteidigerbank zu.

„Erschienen ist Rechtsanwalt Mathiessen aus Itzehoe als Offizialverteidiger gemäß Gerichtsbeschluss vom 2.10.31."

Er nimmt ein Schriftstück und hält es hoch. „Rechtsanwalt Dr. Blum ist vom Angeklagten die Wahlvollmacht entzogen worden. Ist das korrekt, Angeklagter?" Es folgt die Übersetzung, aber keine merkliche Reaktion von Smucek.

Das Mandat entzogen. Blum ist sprachlos. Er blickt zu seinem Klienten. Keine Reaktion.

Die Stimme von Mathiessen: „Bei meinem gestrigen Besuch hat der Angeklagte mir dies über den Übersetzer mitteilen lassen. Auf seinen Wunsch hat der Herr Übersetzer, der heute anwesend ist, auch das Schriftstück aufgesetzt, das dem Gericht vorliegt, noch mal übersetzt, und es wurde unterzeichnet." Er setzt sich wieder.

Das Mandat entzogen. Was soll das. Blum überwindet Schock und Sprachlosigkeit.

„Herr Präsident, ich bitte um eine Unterbrechung der Sitzung, um mit meinem Klienten sprechen zu können. Noch gestern bei meinem Besuch im Gefängnis ist davon nicht die Rede gewesen."

„Sie haben, wie es scheint, kein Mandat mehr, Herr Rechtsanwalt. Und für die Verteidigung ist ausreichend gesorgt. Ich muss Sie bitten zu gehen, damit wir beginnen können. Für eine Pause gibt es keinen

Grund. Das Schriftstück können Sie einsehen. Es ist eindeutig."

Smucek sitzt teilnahmslos. Der Übersetzter flüstert ihm auf polnisch zu. Keine Reaktion.

„Es ist eine außerordentliche Lage eingetreten, deshalb muss ich auf meinem Unterbrechungsantrag..."

Blum kann nicht aussprechen. Die Stimme des Vorsitzenden:

„Sie müssen den Saal verlassen, ich würde es bedauern, den Wachtmeistern Anweisung zu geben, dies zwangsweise vorzunehmen. Möglicherweise können Sie der Verhandlung im Zuhörerraum beiwohnen."

Gelächter von den überfüllten Rängen.

Das Ende. In peinlicher Stille nimmt Blum seine Sachen und verlässt den Saal.

Er geht nicht aus dem Gericht, er flieht fast. Trotz des schon kühlen Oktoberwetters schwitzt er, unter den Achseln und auf der Stirn.

Sein stärkstes Gefühl ist der Zorn. Er hat einen bigotten und stupiden Klienten, der sich selbst ans Messer liefert und jetzt ohne eine wirkliche Verteidigung ist. Es gibt einen jungen Anwalt, der sich dafür hergibt, einen anderen Kollegen auszumanövrieren und der Smucek das Papier untergejubelt hat. Ein zur Neutralität verpflichteter Übersetzer ist bei dieser Niedertracht mit von der Partie. Ein Gerichtspräsident, der alles deckt. Und bei allem Paneks Regie. Eine letzte Intrige. Gedemütigt vor einem Saal von

Menschen und morgen in den Zeitungen vor der Öffentlichkeit.

Grußlos betritt Blum sein Büro. Er steuert den Schrank in seinem Zimmer an und schenkt sich mit vor Wut zitternden Fingern ein Glas Weinbrand ein, das er sofort herunterstürzt. Mit einer Sanoussi geht er in das Sekretariat.

„Herr Doktor“, Frau Hansen ist erschrocken und besorgt.

Blum nimmt einen Besucherstuhl und setzt sich vor ihren Schreibtisch. „Haben Sie schon einmal mit einem Gewehr geschossen, peng, peng, peng …“. Jetzt ist Frau Hansen stumm und verängstigt. „Ich ja, heute könnte ich es wieder tun, und mit mehr Berechtigung als damals.“

Blum erzählt ihr, was passiert ist. Clara Hansen hört zu und schüttelt mehrfach den Kopf. Dann kocht sie einen Kaffee.

Sie serviert ihn an Blums Schreibtisch. Er nimmt viel Zucker. Nervennahrung. „Ist Herr Feldhusen auch gegangen?“

„Nein. Nach dieser großartigen Ouvertüre wird es sicherlich einen guten 1. Akt geben im Justiztheater. Und davon wird er uns bestimmt in der Mittagspause berichten.“

„So einen Fall hatten wir in all den Jahren noch nicht, so, so … schrecklich und belastend“, sie sitzt im Besucherstuhl.

„Nun ist das nicht mehr meine Sorge“, sagt Blum. „aber, dass da was faul ist, das ist doch offensichtlich.

Und man sieht sich ja im Leben immer zweimal. Das sollten gewisse Herren wissen."

Ein kurzer Moment Schweigen.

„Ein unverhofft freier Tag heute. Kurzes Gastspiel im Gericht, keine Nachmittagssprechstunde, kaum Akten. Ich brauche frische Luft und werde mir die Beine vertreten und mir dann die Post ansehen. Wenn Feldhusen kommt, soll er unbedingt auf mich warten. Bin in einer Stunde zurück."

Blum geht rauchend zur Störschleife. Im Fluss merkt man noch Ebbe und Flut der Nordsee. Jetzt ist Niedrigwasser. Einige Boote liegen im kleinen Hafen. Der Weg führt ihn weiter durch die Straßen der Innenstadt. Sein alter Schulweg. Am Gymnasium ist große Pause. Ein vertrautes Gefühl, wenn es auch lange her ist. Ein ungewohntes Gefühl, an einem Mittwochvormittag spazieren zu gehen. Blum hat das seit Jahren nicht mehr gemacht. In der Breiten Straße kommt er an Brixens Büro vorbei. Dort ist die kleine, heile FKK-Welt. Er steuert die Buchhandlung der Eheleute Weinstein an. Im Schaufenster sind Jugendbücher und Bildbände ausgestellt. Hier kauft er gern, neben den aktuellen Büchern gibt es auch ein kleines Antiquariat. In den Adlerlichtspielen wird immer noch der Willy-Fritsch-Film gezeigt. Der erste Zorn ist einer kalten Wut gewichen. Der „Itzehoer Hof" öffnet erst um 11 Uhr. Auch für Laage ist es noch zu früh.

Zurück im Büro, sitzt er am Schreibtisch und trommelt mit den Fingern auf die Platte. Dann macht Blum sich einige Notizen in der Akte des Posträubers. Es beruhigt ihn nicht. Freitag früh wird die Haftprüfung stattfinden. Diese Offizialverteidigung ist wohl nicht in Gefahr.

Zwei schriftliche Urteile sind eingegangen und die Ladung zu einem auswärtigen Prozess. Rechtsanwalt Hegewisch hat aus Hamburg einige Materialien zum Wiederaufnahmeverfahren Jakubowski „zur kollegialen Kenntnisnahme“ geschickt und sein Interesse an Zusammenarbeit bei Gelegenheit betont. In der Unterschriftenmappe sind nur zwei Schriftsätze und zwei Rechnungen.

Frau Hansen klopft. „Brauchen Sie etwas?“ „Nein danke. Ich habe Schlimmeres erlebt. Aber nur selten.“

Blum wartet. Sein Referendar kommt um zwanzig nach zwölf.

„War es richtig zu bleiben?“, fragt er ungewohnt schüchtern. „Nach allem, was passiert ist.“

„Natürlich, ich warte. Hat man schon ein Urteil gesprochen?“

Feldhusen zieht seinen Notizblock und berichtet ausführlich.

Nach der Anklageverlesung ging es um die Personalien des Angeklagten. Dann wurde Smucek belehrt, dass er sich zur Sache äußern kann. Er hat kein richtiges Wort gesprochen und nur kurz aufgesehen. Dann hat der Gerichtsvorsitzende aus der Akte das Geständnis bei der Polizei und das Protokoll vor dem Haftrichter verlesen. Eindringlich wurde der Angeklagte gefragt, ob das seine Aussage sei. Smucek hat eine Art Nicken gemacht. Dies wurde als Bestätigung in das Protokoll aufgenommen. Niemand hatte weitere Fragen an ihn.

Dann begann die Beweisaufnahme. Erste Zeugin war die Lehrerin der Toten. Sie sprach über Elses guten Charakter und dass sie ein sehr beliebtes Mädchen gewesen sei. Dann kam der Landarbeiter, der als erstes an dem Morgen in der Scheune war und die Landjäger gerufen hatte. Es folgten diese beiden Polizisten. Feldhusen las vom Block ab: „Sie hing dort, der Pole saß unten und wimmerte."

Dann kam der Amtsarzt, ein Medizinalrat aus Itzehoe. Er erläuterte seinen Bericht aus der Akte. Der Tod ist durch Strangulation eingetreten. Todeszeitpunkt sei abends zwischen 10 und 11 Uhr gewesen. Es gibt keine weiteren äußeren Verletzungen. Als er sagte, der Toten sei keine Gewalt angetan worden, ging ein Aufstöhnen durch den Saal.

Danach wurden die Fotos der Leiche und des Tatorts in Augenschein genommen. Feldhusen erzählt, dass die nicht so rechtskundigen Zuhörer enttäuscht waren, dass sie nicht allen präsentiert wurden. Ein Aufschrei ging durch den Saal, als der Strick vom Vorsitzenden hochgehalten wurde.

Alles ging sehr schnell und ruhig. Es gab wenig Fragen. Mathiessen stellte dem Arzt nur Fragen zur „geistigen Gesundheit" des Angeklagten, die sehr allgemein beantwortet wurden.

Vor der Pause gab das Gericht den weiteren Ablauf bekannt. Am Nachmittag findet ein kurzer Ortstermin in Warringholz statt. Morgen sollen die Kriminalbeamten gehört werden.

„Beim Gedränge zum Ausgang hörte ich, wie die Presseschreiber sagten, vielleicht gibt es morgen schon ein Urteil."

„Das würde mich nicht wundern. Die Regie von Oberstaatsanwalt Panek greift ja perfekt. Das heute morgen war auch seine Inszenierung, für die er Mitakteure gefunden hat."

Feldhusen nimmt die angebotene Zigarette an. Seinen Notizblock hat er wieder eingesteckt.

„Der Pole, Smucek, war er auch im Gefängnis so, so … teilnahmslos?"

„Nein, so extrem habe ich das nicht erlebt. Er war öfter verwirrt oder hat geschwiegen. Aber es war möglich, mit ihm zu reden und Fragen beantwortet zu bekommen. Selbst wenn man die Aufregung vor einem Prozess bedenkt, ist mir sein Verhalten nicht zu erklären."

Der Referendar will zum Mittagessen nach Hause. „Ich würde morgen auch gerne den zweiten Verhandlungstag verfolgen. Ist Ihnen das recht?"

„Sie sind mein persönlicher Berichterstatter. Das heute war sehr ausführlich. Danke. Gehen Sie ruhig."

„Die Leute im Zuhörerraum um mich herum haben sich darüber unterhalten, was die beste Hinrichtungsart ist", sagt Feldhusen beim Herausgehen.

Jetzt ist eigentlich auch Blums Mittagszeit. Aber er hat keinen Hunger. Er will niemandem draußen begegnen. Und er kann jetzt eigentlich auch Brixen nicht ertragen. Keine Ironie, keine lateinischen Sätze und schon gar nicht die mögliche Frage, ob er sich erleichtert fühlte. Er bleibt im Büro. Frau Hansen versorgt ihn mit Kaffee, einem belegten Brot und einem Streuselkuchen.

Vielleicht würde er heute früher nach Hause gehen und auch Frau Hansen freigeben. Blum blättert die Juristische Wochenschrift durch, aber sie enthält weder interessante Aufsätze noch für ihn wichtige Grundsatzurteile. Auch mit den „Itzehoer Nachrichten" ist er schnell fertig. Aus der Stadt hat er sich die gestrige Ausgabe der „Frankfurter Zeitung" mitgebracht. Dann nimmt er sich zwei Akten vor, deren Bearbeitung eigentlich noch warten kann. Die Verhandlungstermine liegen erst in einigen Wochen. Es hilft ihm aber, sich auf etwas anderes zu konzentrieren.

Es ist schon fast halb fünf, als er Stimmen aus dem Sekretariat hört. Frau Hansen klopft.

Der unerwartete Besucher ist schon zum zweiten Mal Stanislaw Smolarek.

Heute bis eben hatte er die Möglichkeit gehabt, Smucek im schräg gegenüberliegenden Gefängnis zu besuchen. Überwacht von zwei Gefängnisbeamten und einem Übersetzer.

Das Aussehen des Gefangenen hat ihn sehr erschüttert. Aber Smucek war dankbar und erfreut. Er habe nach seiner Familie gefragt.

„Walerjan morgens krank, sie geben ihm Medizin. Im Kopf Karussell"; er macht eine kreisende Bewegung mit der rechten Hand.

„Er nicht weiß, was passiert. Er viel müde. Nicht verstehn, was los Gericht."

Dann hatten die Beamten das Gespräch abgebrochen. Es darf nicht über den Prozess gesprochen werden. Einer führte ihn heraus, einer Smucek.

„Walerjan zweimal rufen, Onkel Stani, bring den Anwalt und die Schwester zu mir. Zweimal rufen."

Blum berichtet, was am Morgen passiert war. Smolarek ist sehr erstaunt und schüttelt den Kopf.

„Vielen Dank, dass Sie gleich gekommen sind. Ich werde sehen, was ich noch tun kann."

Er begleitet den Polen hinaus. Frau Hansen und Herr Smolarek haben sich noch etwas zu erzählen.

Blum denkt lange nach, trinkt noch einen Weinbrand. Dann trifft er eine Entscheidung: Sein Arbeitstag ist beendet.

Er geht nicht auf dem direkten Weg nach Hause, sondern macht einen kurzen Besuch und trifft eine Verabredung. Dann ist er wieder auf der Straße. Es ist dunkel geworden.

Vom Sedanplatz ist Musik zu hören. Der Zug kommt näher. Kinder laufen neugierig auf den Bürgersteigen vorneweg. Als erstes kommt die Kapelle des Bundes der Frontsoldaten, des „Stahlhelm". Sie spielen die Marschmusik der Kaiserzeit.

Mit anderen Passanten bleibt auch Blum stehen. Hinter der Kapelle wird von einem Mann die Hakenkreuzfahne der Nationalsozialisten getragen. Neben ihm gehen auf beiden Seiten je drei Mann mit Fackeln. Dann kommt ein Block SA-Männer in Marschordnung. Sie gehen in Viererreihe. Schwarze Hose, braunes Hemd mit Hakenkreuzbinde, Mütze,

Koppel und Schnüre. Der Marschtritt ist geübt. 80 Männer mögen es sein, vielleicht 100.

Dahinter wird nicht mehr marschiert. Jetzt kommen Menschen ohne Uniform. Ein Transparent: *Deutschland erwache!* Hunderte ziehen vorbei. Männer und Frauen. Viel mehr als am morgen am Gericht waren. Fackeln im ganzen Zug, einzelne Fahnen. Es wird nichts gerufen, aber es ist eine harte Entschlossenheit spürbar. Blum zieht seinen Hut tiefer ins Gesicht. Er beobachtet die Reihen der Vorbeiziehenden. Es sind ganz normale Menschen. Er kann ihnen heute bei seinem Spaziergang begegnet sein, beim Einkaufen, im Itzehoer Hof oder in der Sprechstunde seines Büros. Erkannt hat er niemanden. Tausend Menschen könnten es sein. Am Schluss gehen Schüler, auch solche mit den Mützen der Schule, die er selbst besucht hat. Ganz am Ende trotten zwei uniformierte Polizisten.

Die Zugspitze hat ihr Ziel schon erreicht. Neben der Höheren Töchterschule ist ein kleiner Platz, direkt an der Mauer des Gefängnisses.

Passanten, mit denen Blum zusammensteht, nicken zustimmend und zerstreuen sich. Alle wissen, worum es geht.

Er geht endgültig nach Hause.

Der Platz fasst die Menschenmenge nicht. Die Kapelle spielt noch einen Marsch. Dann wird das Kampflied der Bewegung gesungen.

Als erstes spricht der Anwalt von Elses Vater. „Nur die Gefängnismauern schützen heute den Meuchelmörder. Doch der Polacke wird büßen." Die Menge nimmt das Wort Polacke auf, kombiniert es mit laut geschrienen anderen Schimpfwörtern. Ein zweiter Redner in der nationalsozialistischen Uniform beschwört das neue Reich, das kommt. Er grüßt die anwesenden Angehörigen der Familie Rehder.

Begeisterung kommt auf, als Engelhardt Herwig, ein Schornsteinfegermeister aus Wesselburen, vorgestellt wird. Der Mann von fast 70 war vor kurzem der Bewegung beigetreten und gilt als der älteste SA-Mann Deutschlands. Artikel waren über ihn geschrieben worden. Sein Hitler-Gruß wird von zahllosen gestreckten Armen erwidert.

Dann spielt wieder die Stahlhelm-Kapelle. Lange stehen die Menschen noch zusammen. Steine klatschen gegen die Mauer des Gefängnisses.

Musik und Lärm ist in allen Zellen zu hören. Manche Gefangene schreien nach draußen oder poltern gegen die Tür.

Walerjan Smucek weint. Er hockt auf der Pritsche und hat die karierte Gefängnisdecke umgeschlagen. Der Lärm der Masse gilt ihm. Er traut sich nicht, nach draußen zu sehen, obwohl das möglich ist, wenn man sich ein wenig am vergitterten Zellenfenster hochzieht.

Viele Wärter, aber auch andere Häftlinge machen ihm seit Tagen eindeutige Gesten. Eine Schlinge, die sich um seinen Hals festzurrt. Er murmelt einzelne polnische Wörter. Alles ist so dunkel wie seine Zelle.

Er denkt an Else und seine Mutter. An dem Tod der einen ist er schuld, die andere wird er nie mehr wiedersehen.

21

Donnerstag, 15. Oktober 1931

Der zweite Prozesstag

Um 7 Uhr 30 ist Blum am Gefängnis. Schwester Danuta ist leicht verspätet. Sie ist gekommen, wie gestern Abend verabredet. Herr Rückert hat wieder Dienst am Tor. Auf Blums Wunsch, Smucek zu sprechen, macht er ein skeptisches Gesicht. Nachrichten verbreiten sich schnell. „In Ordnung, weil Sie es sind, Herr Doktor, aber machen Sie nicht so lange."

Smucek ist sehr aufgeregt, aber nicht so passiv-gehemmt wie gestern. Die Schwester spricht lange mit ihm, gibt weiter, was Blum ihr gesagt hat.

Anwalt Mathiessen und der andere Übersetzer haben ihn vorgestern etwas unterschreiben lassen, was für ihn gut ist. Er hat unterschrieben. Die Nacht vor dem Prozessbeginn war er krank, hatte Durchfall. Am Morgen bekam er zwei Tabletten und war danach wie im Rausch. Er erinnert sich kaum, was im Gericht geschah, auch nur schwach an die Scheune, wohin man ihn in einem Auto gefahren hatte. Er hat große Angst nach dem Aufzug gestern Abend, er dachte, die Leute werden kommen und ihn jetzt gleich aufhängen.

„Herr Smucek, ein letztes Mal will ich Ihnen helfen. Wirklich helfen. Wenn Sie das unterschreiben, kann ich wieder Ihr Anwalt sein." Blum legt eine Vollmacht auf den Tisch. Schwester Danuta übersetzt und fügt noch mehr hinzu. Der junge Pole unterschreibt.

„Erinnern Sie sich noch, was wir beim letzten Gespräch besprochen haben?" Smucek nickt.

„Dabei bleibt es, und Sie werden nur noch tun, was ich Ihnen sage: Und keine Tabletten mehr schlucken." Jetzt nickt Smucek mehrmals.

„Wir sehen uns im Gerichtssaal. Und ziehen Sie die Sachen an, die Schwester Danuta gebracht hat."

Kurz vor acht ist der Besuch vorbei. „Wir sehen uns gleich", sagt er zur Schwester. „Gehen Sie direkt ins Gericht. Es wird voll."

Blum geht in sein Büro, um Unterlagen und Robe abzuholen. Er will frühzeitig im Gerichtssaal sein. Man sieht sich im Leben immer zweimal.

Eine Menschenmenge wie gestern. Auch der Saal ist voll besetzt. Nur die Honoratiorenstühle fehlen. Er nickt dem überraschten Feldhusen zu und sieht auch Schwester Danuta.

Die Pressebank füllt sich. Blums Erscheinen auf der Verteidigerbank hat Erstaunen ausgelöst. Nansen humpelt auf ihn zu. Dem Redakteur der „Itzehoer Nachrichten" sagt er, er habe wieder eine Vollmacht, und sein Klient sei gestern wegen Medikamenten faktisch verhandlungsunfähig gewesen. Zurück auf seinem Platz, ist der Redakteur von seinen Kollegen umringt.

Panek registriert Blum erst, als er Platz genommen hat. Überraschung und Neugier kämpfen in seinem Gesicht, aber er sagt nichts. Dann kommt der Vater mit seinem Anwalt.

Anwalt Mathiessen hat Blum diesmal etwas zu sagen. „Mit Ihnen bin ich noch nicht fertig, Herr Kollege. Sie sollten Ihre Laufbahn nicht mit Machenschaften und Parteiverrat beginnen. Gegen Untersuchungen der Anwaltskammer und eine Bloßstellung in der Öffentlichkeit kann auch der Oberstaatsanwalt Sie nicht schützen." Der Kollege ist sichtlich von der Situation überrascht, sein „Was erlauben Sie sich!" klingt schwach.

Unter Unmutsrufen wird Smucek gebracht. Er trägt das weiße Hemd und macht einen anderen Eindruck als gestern. Er sieht sich im Saal um und registriert Schwester Danuta.

Das Gericht erscheint und setzt sich.

Angriff ist die beste Verteidigung. „Ich bitte um das Wort, Herr Vorsitzender."

Auch Präsident Krohn ist die Überraschung anzumerken. Er macht eine vielfältig deutbare Handbewegung. Blum wertet sie als Worterteilung.

„Der Angeklagte war am gestrigen Verhandlungstag durch eine Erkrankung und die Einnahme von Tabletten geschwächt und unwohl. Einen Mandatsentzug wollte er nicht aussprechen. Das wird später aufzuklären sein." Blum blickt zu Mathiessen und dem Gerichtsdolmetscher. „Einstweilen ist wichtig, dass ich erneut eine Vollmacht vorlegen kann, die der Angeklagte auch bestätigen wird."

Blum lässt von einem Wachtmeister die Vollmacht zur Gerichtsbank bringen. Krohn überfliegt sie. „Ist das richtig, Angeklagter?“

Nach der Übersetzung spricht Smucek leise. „Ja, der Herr wird für mich sprechen.“

Im Saal war es bis dahin ganz still. Jetzt ist Unruhe zu vernehmen. Die Pressevertreter füllen ihre Blöcke.

„Stellungnahmen?“, fragt der Vorsitzende.

Panek muss antworten. „Die Staatsanwaltschaft behält sich eine Stellungnahme vor, wenn wir die Fakten geprüft haben.“ Das war schwach, und er weiß das.

Kalt sagt Krohn. „Wir setzen die Verhandlung einstweilen fort. Sind die Zeugen anwesend?“

Der Oberwachtmeister bejaht.

Angriff ist die beste Verteidigung. „Würden der Herr Vorsitzende gestatten, dass ich zu einem wesentlichen Punkt eine Erklärung für den Angeklagten abgebe und Anträge stellen kann, die auch die Zeugenaussagen betreffen?“

„Bitte.“

Mit so wenig Widerstand war nicht zu rechnen. Das bringt Blum fast ein wenig aus der Fassung. Er war auf härtere Bandagen eingestellt. Aber es herrscht erwartungsvolle Spannung, auch auf der Richterbank.

Blum braucht einige Sätze, um Sicherheit zu gewinnen. Aber er ist gut vorbereitet. Er fragt den Angeklagten, ob er deutsch lesen, schreiben und sprechen kann, und Smucek verneint. Blum verweist auf den offiziellen Dolmetscher hier im Gericht. Auch die Verteidiger müssen sich bei ihren Gesprächen einer Übersetzung bedienen. Deshalb stehe das Zustandekommen eines als Geständnis gewerteten Protokolls bei der Kriminalpolizei unter Vorbehalt. Die Zeugen könnten darüber Auskunft geben. Niemand würde hinnehmen, dass ein Deutscher mit einigen Brocken Polnisch ohne Übersetzer von der polnischen Polizei oder einem dortigen Gericht etwas Vorformuliertes unterschreibt und das wirksam sein soll. Gleiche Sachverhalte müssen gleich behandelt werden. Deshalb will der Angeklagte die Erklärung widerrufen.

Im Saal wird es laut. Panek scharf: „Gestern hat der Angeklagte das Geständnis bestätigt. So wurde es protokolliert. Ein unzulässiger Vortrag."

„Sie sollen hier noch nicht plädieren, Herr Verteidiger, dafür ist später Zeit. Zu den Modalitäten des Geständnisses haben wir polizeiliche Zeugen geladen. Wir wollen sie jetzt hören." Der Vorsitzende zeigt ersten Unwillen.

Angriff ist die beste Verteidigung. „Mit allem Respekt, hohes Gericht, würde ich gerne noch drei kurze Anträge zuvor stellen. Dies nur aus dem Grund, dass im Verfahren ja die Wahrheit ergründet werden soll. So will es das Gesetz, so verlangt es der Respekt für Opfer und Angehörige. So will es die Öffentlichkeit. Und meine Anträge tragen zu dieser – für viele auch überraschenden – Wahrheitsfindung bei."

Jetzt ist wieder absolute Stille im Gerichtssaal.

„Kurz", sagt Präsident Krohn.

„Ich hatte beantragt, dass der Angeklagte auf Verletzungsspuren untersucht werden soll, was zwischenzeitlich geschehen ist. Ich beantrage die Vernehmung des untersuchenden Amtsarztes. Seine Aussage wird ergeben, dass bei dem Angeklagten Erhängungsmerkmale am Hals vorliegen und weitere Verletzungen, die ihre Ursache in einem Sturz aus größerer Höhe haben."

Der Saal wird lebhaft.

„Weiterhin beantrage ich, meine mit Schriftsatz vom 7. Oktober zugesandten Beweistücke als Asservate zu behandeln und allseits in Augenschein zu nehmen.

Die Gegenstände wurden unter Zeugen nach einer Skizze des Angeklagten aufgefunden. Es handelt sich u.a. um ein Gedicht, eine Schnitzerei und ein Foto. Dieses zeigt die bedauernswerte Tote und zwei weitere Mädchen."

Im Saal gibt es kollektive Überraschungslaute.

„Bewiesen werden soll damit, dass sich die Tote und der Angeklagte sehr wohl kannten und etwas empfanden. Es waren wechselseitige Geschenke, die beide in einem Versteck verborgen hielten. Wie anders sollte der Angeklagte ein Foto bekommen haben?"

Schon die letzten Worte sind in einem hohen Lärmpegel untergegangen. Das Wort Lüge schwappt durch den Saal. In lautem Ton sprechen die Redakteure aufeinander ein. Auch die Zuhörer reden aufgeregt mit ihren Banknachbarn. Der Anwalt des Vaters brüllt etwas, was nicht zu verstehen ist. Panek schreit in Richtung des Gerichts. Der Vorsitzende versucht mit seiner Stimme und mit Hammerschlägen Ruhe zu erzwingen.

Blum sitzt wieder. Was er sich vorgenommen hat, ist fast erledigt. Und ohne die erwarteten Schwierigkeiten. Sollte er jetzt alles zu Ende bringen, das würde dem Prozess eine andere Richtung geben. Es würde der Verteidigung seines Klienten nützen. Und er selbst hätte alles hinter sich, was ihn seit Wochen belastete. In den letzten Minuten empfand er eine furchtfreie Euphorie wie zuletzt vor 15 Jahren bei seinem ersten Sturmangriff. Das hatte kein gutes Ende genommen.

Er hatte keinen zweiten Strick. Aber er glaubte jetzt daran, dass zwei junge Liebende Hand in Hand in die Tiefe gesprungen waren. Angriff ist die beste Verteidigung.

Während die Hammerschläge des Vorsitzenden die Unruhe nicht überwinden, gelingt dies Blum mit einer Geste. Er steht wieder.

„Ich komme zu meinem letzten Antrag. Der Tod ist etwas Grausames, als Soldat des Weltkrieges habe ich ihm selbst ins Auge gesehen. Der Tod eines Kindes ist unfassbar. Die Wahrheit ist aber auch etwas Kostbares, auf dem die Zivilisation unseres Rechts beruht.

Zum Beweis der Tatsache, dass der Angeklagte keinen Mord begangen hat, sondern gemeinsam mit der Toten, Else Rehder, den Freitod wählen wollte, und als Grund dafür muss ich die erneute amtsärztliche Untersuchung der Toten beantragen. Sie wird ergeben, dass sie von dem Angeklagten schwanger war."

Ein Orkan fegt durch den Gerichtssaal.

Im Zuhörerraum sind viele aufgesprungen, schreien und gestikulieren. Klaus Rehder und ein anderer Mann in Uniform wollen von dort die hölzerne Barriere überklettern und werden von Wachtmeistern zurückgehalten. Schwerfällig erhebt sich auch der Vater und wirft dabei seinen Stuhl um. Er drängt in Richtung der Verteidigerbank. Auch auf ihn gehen Wachtmeister zu. „Lump", „Schweinehund" wird gebrüllt. Der Lärm ist so groß, dass andere Äußerungen nur geahnt werden können. Erregte Gespräche unter den Presseleuten und auch bei den Geschworenen.

Blums Euphorie ist gesunken. Halt findet er darin, seine vorbereiteten schriftlichen Anträge zusammenzulegen und dem Protokollführer zu reichen.

Nachdem sein heftigstes Klopfen nichts genutzt hat, erreicht das gebrüllte „Ruhe!" des Vorsitzenden ein plötzliches Schweigen. Alles wartet auf seine Reaktion. Doch es kommt nur ein Satz: „Die Sitzung wird auf Montag 9 Uhr vertagt." Dann geht das Gericht ab.

Die Redakteure stürzen als erstes aus dem Saal.

Einige kommen auf Blum zu, wollen Fragen beantwortet haben. „Ist die Tote zweifelsfrei auf dem Bild?" „Wird der Angeklagte selbst aussagen?" „Wollen Sie noch mehr Anträge stellen?" Blum hat nichts zu sagen. „Warten Sie die weitere Beweisaufnahme ab."

Ein kurzer Händedruck mit Smucek, der herausgeführt wird und wieder verwirrter wirkt.

Panek fixiert Blum. Es wirkt, als würde er beim Herausgehen vor ihm ausspucken. Der Saal hat sich geleert. Schwester Danuta ist nicht mehr zu sehen. Feldhusen steht unschlüssig, nickt Blum zu und geht dann.

Menschengruppen auf dem gesamten Flur in erregten Gesprächen. Das Gerichtsgebäude hat nur einen Ausgang. Blum muss da durch. Musternde, viele feindselige Blicke. Beschimpfungen. Eine Frau spuckt ihn an. Eine Gruppe Männer mit hassverzerrten Gesichtern umgeht er. Gedränge auf den Treppenstufen. Er wird geschubst. „Polackenfreund!" Endlich die Tür nach draußen.

Vor dem Eingang stehen Klaus Rehder und andere Uniformierte.

„Undeutsche Sau, wir kriegen Dich." Rehder ist nicht größer als Blum, aber kräftiger. Er kommt auf ihn zu. Dem ersten Schlag kann Blum ausweichen. Er war nicht einmal als Junge ein Schulhofrabauke und treibt keinen Sport. Der zweite Schlag trifft ihn an der Schulter. „Mach Dir an dem roten Rechtsverdreher nicht die Hände schmutzig", rufen seine Freunde. „Wir regeln das anders und im Mondschein." Sie lachen bösartig. Wenige Meter entfernt stehen Polizisten und blicken auf die andere Straßenseite.

Auf dem Weg ins Büro ist Blums Euphorie ganz verschwunden. Als erstes muss er seine Anzugjacke säubern.

Bei Frau Hansen sitzt Schwester Danuta bei einer Tasse Kaffee. Den kann Blum auch gebrauchen.

Er sitzt im Hemd im Sekretariat und hat schon erzählt, warum er die Jacke gesäubert hat, die zum Trocknen vor der Heizung hängt. Von dem Schlag hat er nichts erzählt.

Frau Hansen kennt schon den Bericht von Schwester Danuta und ist besorgt.

„War das nötig, auch die neue Leichenschau?"

„Ja, das war nötig. Und jetzt kann eine wirkliche Beweisaufnahme beginnen. Das Geständnis verdient diesen Namen nicht. Smucek hatte die Spuren an seinem Hals. Wir haben den Korb mit den Sachen und vor allem das Bild gefunden. Und ich bin auch sicher, dass das Mädchen schwanger war. Man muss auch Entlastendes ermitteln, so steht es im Gesetz." Blum raucht zur zweiten Tasse.

„Ich beobachtete die meiste Zeit den Mann Ihnen gegenüber, ohne Talar. Das war Elses Vater, nicht wahr", sagt Schwester Danuta. „Er hat sehr gelitten. Hätte man mit der Familie sprechen sollen?"

Blum reicht das kurze Zusammentreffen mit einem Vertreter der Familie.

„Das ist nicht üblich", sagt er. „Aber Polizei und Staatsanwaltschaft hätten nicht sofort einen Täter präsentieren dürfen, ohne ihn in einer Sprache, die er kennt, zu befragen."

Die Schwester bittet darum, ihn allein sprechen zu dürfen. Sie gehen in sein Zimmer.

„Die Welt der Gerichte ist mir völlig fremd, und ich werde auch nicht wieder zu dem Prozess gehen.

Die Menschen dort haben mich erschreckt. Und die Übersetzung kann ich auch nicht überprüfen, wie es Ihre Idee war. Es wird ja nur geflüstert. In das Gefängnis gehe ich aber weiter. Ich möchte Ihnen auch für das danken, was Sie für Walerjan tun. Er hat gesündigt, aber niemand sollte auf sich alleingestellt sein. *Ihr gedachtet's bös mit mir zu machen, aber Gott gedachte es gut zu machen.* So steht es in der Heiligen Schrift."

Die Schwester ist aufgestanden. Blum bringt sie zur Tür.

„Er hat keines der zehn Gebote verletzt?", fragt Blum.

Schwester Danuta blickt ihn an und sagt nur: „Gottes Segen." Aus ihrer Tasche holt sie ein Papier und reicht es dem Anwalt. Dann geht sie.

Blum liest es noch im Stehen. Die Handschrift ist wie von einem Kind.

Gerechtigkeit gibt es nur in der Hölle,
im Himmel ist die Gnade,
und auf der Erde ist das Kreuz.
Papst Anaklet II.

Er hat auch heute keine Anmeldungen für die Sprechstunde, weil er von einem vollen Gerichtstag ausgegangen war. Deshalb will er nur Brixen treffen und danach nicht mehr ins Büro zurückkommen. Frau Hansen soll heute auch früher gehen. Nur wenige Akten warten.

Im Gasthaus Laage ist es sehr voll. Und es gibt Kalbshirn mit Kohl. Blum isst keine Innereien und bestellt Rührei mit Schinken von der Karte. Er ist an seinem Tisch der erste.

„Ad eins", sagt Brixen nach seinem Eintreffen, „ist die Vernissage der jungen Meister mittelholsteinischer Kunst am Sonnabend ab 5 Uhr. Meine Frau möchte von Dir abgeholt werden und eine andere Dame auch. Tu ihnen die Freude. Ad zwei habe ich einen Prozess gegen Löhring Dummkopf verloren und bin entsprechend gut gelaunt. Jetzt hast Du das Wort."

„Ich will kein einziges Wort aus irgendeiner Zeitung vom gestrigen Verhandlungstag wissen. Kein einziges Wort."

Brixen bestellt zum Essen ein Bier bei Fräulein Gerda, was Blum auch tut.

Dann gibt er einen Prozessbericht, einschließlich des Spießrutenlaufens danach und seines Gesprächs mit der polnischen Schwester.

„Du hast es getan", murmelt Brixen mit vollem Mund. Er schüttelt den Kopf.

„Beistand von ganz oben hast du ja. *Spiritus flat ubi vult.* Der heilige Geist wird schon seinen Weg finden. Verstehen kann ich Dich nicht. Musste das mit der Leiche sein?"

Blum hat keine Lust, noch einmal alles zu erklären. Und Appetit hat er auch nicht. Er schiebt den Teller weg.

„Montag geht es weiter, bis dahin hat sich die Aufregung gelegt. Wild sind nur diese, wie nennt man sie, Nazis. Und Panek wird auch ruhiger. Dann geht es um Beweise und nicht um seine Intrigen.“ Blum raucht.

„Um Panek würde ich mir keine Sorgen machen.“ Brixen hat den Teller leer. „Um den nicht. Zur Vorsicht zu raten, ist es aber nun schon zu spät.“

Sie bestellen beide einen doppelten Weinbrand.

Den trinken sie schnell, dazu den Kaffee. Ein richtiges Gespräch kommt aber heute nicht mehr auf.

Blum muss zum Bäcker und will in die Buchhandlung. Plötzliche Lust hat er aber auf etwas, was er seit der Schülerzeit nicht mehr gemacht hatte: die Nachmittagsvorstellung der Adlerlichtspiele. Das Flötenkonzert in Sanssouci. Otto Gebühr als Alter Fritz. Ruhe und ein dunkler Saal.

Er ist unruhig. Soll er Agnes Barnin danach einen Besuch abstatten? Ihre Wohnung ist ganz in der Nähe. Die Wochenschau läuft. Er müsste ihr erklären, warum er sehr zeitig sein Büro verlassen konnte und was heute passiert ist. Intrigen, seine Zweifel, aber auch seine Absicht. Dass er sich weit vorgewagt hat und dazu steht, ohne auf Verständnis bei vielen rechnen zu können. Er kennt sie seit Jahren, aber mit Unterbrechungen. Bei der Verlobungsfeier der Brixens war ihr erstes Zusammentreffen. Dann kamen ihre Lübecker Ehejahre, in denen auch die Taufe von Felix lag. Nach der Scheidung traf man sich immer in Gesellschaft. Der gemeinsame Spaziergang nach dem Kindergeburtstagsessen hatte mit der Absicht geendet, öfter mal etwas gemeinsam zu unternehmen. Der Hauptfilm beginnt.

22

Schwarzer Freitag

Auf dem Weg zur Haftprüfung kauft Blum die ersten Morgenblätter. Er überfliegt nur die Überschriften. Zur Lektüre ist später Zeit. Natürlich haben alle den Prozess groß aufgemacht.

Der Haftrichter kommt schnell zur Sache. Der Postraub sei ein Verbrechen, bestraft mit mindestens fünf Jahren Zuchthaus, deshalb erhöhte Fluchtgefahr. Familie und soziale Bindungen wiegen das nicht auf. Eine Verzweiflungstat sei das gewesen, wirft Blum ein. Wer vor der Not den Kopf verliert, meint der Richter, der kann auch kopflos fliehen. Millionen seien heute in Deutschland in Not, ohne die Reichspost zu überfallen. Nach fünfzehn Minuten ist alles vorbei. Blums Klient hatte nur seine Personalien bestätigt und sonst kein Wort gesagt. Er blieb auch gefasst, als man ihn ins Gefängnis zurückführte.

Frau Hansen tippt, eine Zeitung und eine Kaffeetasse neben sich.

„Herr Feldhusen hat sich telefonisch krank gemeldet“, sagt sie nach der Begrüßung.

Verlässt da jemand ein sinkendes Schiff? denkt Blum. Er zieht sich mit den Zeitungen in sein Zimmer zurück. Als ihm ein Kaffee gebracht wird, raucht und liest er schon.

Tumult im Scheunen-Mord-Prozess ist die Überschrift der „Itzehoer Nachrichten“. Der Artikel geht über die ganze erste Seite. Gezeichnet von Nansen und Nolte gemeinsam. Daneben nur knapp die Verleihung des Nobelpreises für Chemie an die Deutschen Bosch und Bergius und der Staatsbesuch des rumänischen Präsidenten in der Reichshauptstadt.

Wie Zieten aus dem Busch sei der Itzehoer Anwalt Johannes Blum wieder als Verteidiger des Angeklagten auf der Bühne erschienen. „Nachdem ihm am Mittwoch die Vollmacht entzogen worden war, konnte er am nächsten Tag eine neue vorlegen. Der des Mordes angeklagte Pole bestätigte vor Gericht diese erneute Bestellung. Der Zeitung gegenüber habe Blum diese Verwirrung mit einer auf Arzneimittel beruhenden Unzurechnungsfähigkeit seines Klienten begründet. Die Zeitung hat erfahren, dass tatsächlich dem Angeklagten vom Gefängnis gebräuchliche Medizin wegen Durchfalls verabreicht worden ist.

Dann habe Blum ebenso sensationelle wie zweifelhafte Beweisanträge stellen dürfen. Die Rede sei plötzlich von Liebschaft, Schwangerschaft und gemeinsamem Selbstmord. Es soll ein Geheimversteck des Polen geben, mit einem Foto der Toten. Auch das Geständnis will der Angeklagte widerrufen. Die geladenen Kriminalbeamten konnten dazu nicht vernommen werden. Angeblich hat auch der Pole Erhängungsverletzungen an seinem Hals davongetragen. Der Anwalt will sogar erreichen, dass der Leichnam der Toten entehrend ausgegraben und untersucht werden soll. Dies hat zu beispiellosen Tumulten geführt. Schwurgerichtspräsident Dr. Krohn verlor die Kontrolle über das Verfahren. Am Montag wird die Sitzung erst fortgesetzt.

Der Vater des Opfers wollte sich noch im Gerichtssaal auf den Anwalt stürzen. Von der Familie war keine Stellungnahme zu erhalten. Aus der Itzehoer Staatsanwaltschaft verlautete, dass die Anklage Bestand haben wird. Der Antrag auf Exhumierung der Toten sei menschlich im höchsten Maße verwerflich. Der Angeklagte war am Tatort, habe ein Motiv und sein Geständnis ausdrücklich bestätigt."

Anwalt Blum ist an den Gerichten der Stadt nicht unbekannt und durchaus angesehen. Warum er den Fall betreibt, obwohl es einen anderen vom Gericht bestellten Verteidiger gibt, sei aber mysteriös. Auch wer ihn beauftragt und bezahlt. In seinen Anträgen finden sich keine Zeugen. Die einzige Quelle seines Vorbringens kann nur der Mordangeklagte selbst sein. Wird er sein bisheriges Schweigen brechen? Geht es um die Wahrheit oder soll mit juristischen Finessen eine Strafe abgewendet werden. Am Montag werde mit noch größerem Publikumsinteresse zu rechnen sein.

Deutsches Opfer verhöhnt und erneut geschändet überschreibt die nationalsozialistische Schleswig Holsteinische Tageszeitung ihren Bericht.

„Ein neues Beispiel für den Augiasstall der deutschen Justiz, der dringend der Ausmistung bedarf, hat es gestern vor dem Schwurgericht in Itzehoe gegeben. Man gewann den Eindruck, statt des polnischen Mädchenmörders stand dort die Ehre der Toten, einer Bauerntochter aus nationaler Familie, vor Gericht.

Ungehindert ließ der Schwurgerichtspräsident den Itzehoer Rechtsverdreher Blum, der sich nach seiner Entlassung wieder in den Prozess eingeschlichen hatte, die Ermordete verhöhnen und erneut schänden. Sie wurde dargestellt als Polendirne, die sich freiwillig dem Unhold hingegeben hat und sogar mit ihm in den Freitod gehen wollte. Als dieses undeutsche Scheusal in Robe sogar die Ausgrabung der Toten zur medizinischen Untersuchung seiner Lügengespinste forderte, brach Tumult unter den Zuhörern aus. Nur die Büttel der Justiz hinderten den Vater der Ermordeten daran, sich auf den roten Winkeladvokaten zu stürzen. Am Montag wird der Prozess seinen Fortgang nehmen.

‚Ein Armutszeugnis einer Justiz im Untergang, eine Herausforderung an jeden echten Deutschen', nannte der Anwalt der Familie, Parteigenosse Dr. Bohn aus Kiel, die Geschehnisse. Schon am Mittwochabend waren 2000 Menschen einem Aufruf des SA-Sturms Steinburg gefolgt und hatten eine schnelle und harte Bestrafung des Polenmords gefordert."

Dreck, denkt Blum. Dann nimmt er das sozialdemokratische Blatt Norddeutsches Echo und noch eine Sanoussi.

Tumult und neue Fragen war die Überschrift.

Frau Hansen klopft und tritt ein. Aufgelöst. „Ein Mann hat angerufen und Sie, sehr ... schlimm beschimpft."

Damit war wohl zu rechnen. „Nach diesen Artikeln müssen wir heute damit rechnen. Mein Name steht überall und das Fernamt stellt dann durch. Ich bedaure nur, dass Sie dann am Hörer sind. Das tut mir wirklich leid. Ich kann die Anrufe entgegennehmen,"

„So was habe ich noch nie erlebt."

„Möchten Sie sich heute freinehmen, Frau Hansen? Ist sofort genehmigt."

Sie zögert einen Moment. Dann sagt sie: „Ich halte die Stellung." Blum murmelt „Danke."

Die SPD-Zeitung schreibt, in einem Prozess, in dem bis gestern alles klar schien und für viele auch schon das Urteil, sind neue Fragen aufgetreten. „Überraschend war für die Beobachter zunächst der Wiedereintritt von Rechtsanwalt Dr. Blum in den Prozess, der sofort eine aktive Rolle übernahm. Er will durch Anträge nachweisen, dass sich Täter und Opfer nicht erst in jener verhängnisvollen Nacht begegnet sind, sondern sich kannten und zumindest Geschenke ausgetauscht hatten. Dazu soll besonders ein Foto der Toten gehören, das gefunden wurde und als Beweisstück in den Prozess eingeführt worden ist. Mit dem Verteidiger kann man berechtigt fragen, wie es in die Hände des Angeklagten gekommen ist. Ob das die Anklage erschüttern kann, ist aber noch völlig offen.

Eine wichtige Bedeutung kam bislang dem Geständnis des Angeklagten zu. Am ersten Verhandlungstag hat er dieses mehr oder weniger bestätigt, er machte dabei allerdings einen passiven und für Prozessbeobachter merkwürdigen Eindruck. Dies wird jetzt auf vorherigen Medikamenteneinfluss geschoben. Bei der Kriminalpolizei war offenbar kein

Übersetzer zugegen. Verteidiger Blum hat darauf hingewiesen, dass der Angeklagte kaum deutsch spricht. Auch vor Gericht und bei den Anwaltsbesuchen ist Übersetzungshilfe anwesend. Eine Vernehmung und ein Geständnis nur auf Deutsch sind allerdings zu hinterfragen.

Die Verteidigung will auch die Tote auf eine Schwangerschaft hin untersuchen lassen. Dies sei der Grund für einen gemeinsam geplanten Freitod gewesen. Ein solcher Antrag hat zu erheblichen Tumulten im Gerichtssaal geführt, so dass erst am Montag eine Fortsetzung stattfinden kann. Eine solche Maßnahme, die Totenruhe und Ehrgefühl auf das schwerste beeinträchtigt, ist zur Zeit auch nicht zwingend geboten. Zunächst wäre zu klären, womit sich der Angeklagte selbst töten wollte. Seine Anwesenheit in der Scheune zur Tatzeit kann so oder so gedeutet werden. Unbeantwortet und entscheidend ist aber die Frage: Er lebt, es soll angebliche Halsverletzungen geben, aber von einem Selbstmordwerkzeug ist bislang auch von der Verteidigung nicht die Rede. Den Strick der Toten konnte man im Gerichtssaal schon sehen. Gibt es eine zweiten?

Diesen Fragen wird sich das Gericht zuzuwenden haben. Tatsachen sind entscheidend. Öffentliche Hysterie, Aufmärsche und das provokante Tragen von braunen Parteiuniformen im Gericht ersetzen sie nicht."

Der zweite Strick, daran denkt auch Blum immer wieder.

Im „Holsteiner Kurier" findet er nichts anderes. Die Überregionalen wie die „Vossische Zeitung" und die „Frankfurter Zeitung" kommen erst am späten Nachmittag in die Stadt. Aber für sie ist das wohl auch kein Thema.

Bis Mittag hat Blum der Frau des Posträubers von der fehlgeschlagenen Haftprüfung berichtet. Ein Prozesstermin ist noch nicht absehbar. Bei Frau Hansen hat es eine Morddrohung gegeben, Beschimpfungen und zwei Kündigungen laufender Sachen. Alles von Männern.

Einschläge, denkt Blum. Aber keine Treffer.

Bei Laage gibt es Frikadellen, gemischtes Gemüse und Salzkartoffeln. Brixen ist schon da.

„Eine beeindruckende Presse, wie die großen Berliner Kollegen", sagt er als erstes. Neben sich hat er zwei Zeitungen.

„Willst Du mir jetzt viel Feind, viel Ehr auf lateinisch übersetzen? Dieser Artikel stellt jedenfalls die richtigen Fragen." Blum schiebt das „Norddeutsche Echo" zu Brixen.

„Das Sozi-Blatt?"

„Lesen gefährdet Deine Überparteilichkeit nicht."

Ist Fräulein Gerda heute weniger freundlich als sonst? Blum darf die Leute nicht so zu taxieren anfangen. Es ist nur sehr voll heute Mittag.

Beim Essen erzählt er von den Reaktionen am Telefon. Brixen bewegt den Kopf – das soll heißen: Du wolltest ja nicht auf mich hören.

„Was hast Du mit Deinem freien Nachmittag angefangen?"

Blum kommt nicht zum Antworten, weil ein jüngerer Mann im Anzug an ihren Tisch getreten ist. Er sieht Blum an und sagt: „Ein ganz und gar ehrloses Verhalten.“ Dann geht er.

„Das war ein junger Richter von der Scheidungskammer des Landgerichts“, kommentiert Brixen.

Ehrlos hat Blum heute schon irgendwo gelesen.

„Nun ja, … ich war im Kino, die Nachmittagsvorstellung, nicht mehr dasselbe wie damals. Dann habe ich Handschuhe gekauft und ein Buch: *Neues über den Untergang des Römischen Imperiums.*“

Sie bekommen Kaffee und Weinbrand.

„Später habe ich daran gedacht, Agnes zu besuchen und mit ihr über den Prozess zu sprechen.

„Oh“, antwortet Brixen lächelnd. „Und?“

„Aber ich habe es nicht getan. Glaubst Du, ich hätte mit ihr darüber reden können?“

Brixen trinkt. „Ich bin seit fünf Jahren verheiratet, glaube mich aber zu erinnern, dass bei seltenen und unangemeldeten Besuchen unverfängliche Themen vorteilhafter sind.“

„Ich habe den Eindruck, dass bei ihr nur unverfängliche Themen möglich sind.“

Brixen raucht. „Dann ändere es. Letztlich bist Du, im Großen und Ganzen …“, jetzt kicherte er, „eigentlich keine ganz schlechte Partie. Mich hättest Du als Trauzeuge schon gewonnen. Andererseits hast Du gerade ein Talent, Dich nicht besonders vorteilhaft zu präsentieren. Nicht jede ist so freisinnig wie meine Gattin. Sprich am Sonnabend mit Margaretha darüber. Mit der kannst Du wirklich über alles reden. Und sie ist verschwiegener, als ich es jemals werden könnte."

„Ich werde um halb fünf bei Euch sein. Und Du bist befreit von der Kunst?"

„Ich lasse mit meinen Jungs Drachen steigen."

Dann erzählt Brixen noch, dass ihm ein älterer Kollege den Kauf seines Büros angeboten hat. Er sei 67 und in einer sehr schlechten wirtschaftlichen Lage. Brixen überlegt, gute Klienten wären dadurch aber kaum zu akquirieren.

Nach dem Bezahlen sagt Brixen noch: „Blumi, es war nicht vernünftig, was Du gemacht hast, aber bestimmt war es mutig. Nächsten Montag komme ich zur Verhandlung, das gucke ich mir an."

Das freut Blum.

Auf dem Weg ins Büro nimmt niemand von ihm Notiz.

Es sind Akten zu bearbeiten. Er diktiert zwei Anträge für einen Prozess in der nächsten Woche. Der erste Besprechungstermin um 4 Uhr ist nicht erschienen. Um fünf kommt ein Mann aus Lägerdorf, der mit seinem Auto einen Passanten verletzt hat. Ein normaler Klient, der sich nur für seine Sache interessiert.

Danach bringt seine Sekretärin ein Telegramm, dass der Bote vorbeigebracht hat.

im dritten reich sehen wir uns wieder stopp heil hitler stopp nsdap gauleitung

Blum wirft es in den Papierkorb.

Smuceks Akte bleibt auf dem Schreibtisch. Morgen muss er den Montag vorbereiten.

Frau Hansen ist schon gegangen. Blum schließt sein Büro ab.

In zehn Minuten steht er vor seiner Haustür.

In schwarzer Farbe ist darauf *Polackenfreund* gemalt. Darunter ein Galgen, an dem jemand hängt.

23

Blum hat schlecht geschlafen. Passiert ist aber nichts. Noch am Abend war er gleich in die alte Werkstatt des Vaters gegangen. Farbe zur Beseitigung der bedrohenden Schmiererei fand er nicht. Den Hobel wollte er nicht benutzen, denn die Haustür war nicht glatt und er kein geübter Handwerker. Deshalb ging er trotz der Uhrzeit zu einem mit seinem Vater befreundeten Malermeister und lieh Pinsel und Farbe. Damit übermalte er die Schmiererei und gab für später einen fachgerechten Neuanstrich in Auftrag. Der Meister war verwundert, aber hilfsbereit.

Keiner in den Nachbarhäusern wollte etwas gesehen haben, nicht das alte Ehepaar gegenüber oder die kinderreiche Familie nebenan. Die Polizei zu informieren, zog Blum nicht in Betracht.

In das Haus war offenbar niemand eingedrungen, die zur Straße gelegenen Fenster waren unversehrt. Gestern war ihm gedroht worden, aber wie weit würden sie gehen. Dass den SA-Männern auch Revolver und Sprengstoff zur Verfügung standen, hatte Blum gelesen. Das war in Rechnung zu stellen. Man las von Überfällen. Aber war er jetzt ein politischer Feind für sie?

Er machte wenig Licht und nutzte das Wohnzimmer zur Straße hin nicht. Die Haustür verriegelte er gut. Die Nacht verbrachte er in seinem lange nicht betretenen Kinderzimmer. Es lag unter dem Dach und besaß nur ein kleines Fenster zum Hinterhof. Die Angst war nicht sein stärkstes Gefühl, sondern die Hilflosigkeit. Seit der Verwundung 1917 hatte er keine Waffe mehr angefasst. Er hatte auch keine.

Es roch muffig im Kinderzimmer. Doch das war nicht der Hauptgrund seiner Schlaflosigkeit. Selbstzweifel nagten an ihm. Einmal wachte er von Geräuschen auf. Es waren nur Katzenkämpfe im Hinterhof.

Blum ist am Morgen zeitig und schlecht ausgeschlafen auf dem Weg zum Büro. Auch das liegt im Parterre, daneben eine Steuerpraxis, darüber Wohnungen. Draußen vor der Tür demonstrativ ein Fuder Mist, stinkend. Frühmorgens abgeladen, ohne dass die von ihm befragten Bewohner etwas unternommen hätten. Sie wissen, wem das gilt, sagen aber nur, dass die Hausverwaltung benachrichtigt ist. Das muss weg.

Clara Hansen hält die Stellung. Hat schon Kaffee gekocht und Akten und eine Unterschriftsmappe auf seinen Schreibtisch gelegt. Blum blättert die „Itzehoer Nachrichten“ durch. Kein Bericht auf der Titelseite, nur Reichskanzler Brünings Etatentwurf für 1932 und Rumäniens Staatschef bei Reichspräsident Hindenburg auf Gut Neudeck. Im Lokalteil eine diamantene Hochzeit mit Foto der Jubilare, ein größeres Feuer in der Altstadt, die Sitzung der Ratsversammlung, nichts zum Scheunenmord.

Die Post, schon in die zugehörigen Akten sortiert. Routine. Zwei Drohbriefe in Fäkalsprache für den Papierkorb. Noch ein dritter Brief ohne Akte. Der Umschlag ist ohne Adresse, wohl direkt in den Briefkasten geworfen. Blum öffnet ihn trotzdem. Er enthält ausgeschnitten den gestrigen Artikel aus dem „Norddeutschen Echo“ und eine kurze Mitteilung ohne Anrede oder Absender, mit Schreibmaschine getippt. *Die Polizei hat mehr Fotos als wie zur Akte gelangten. Ein zweiter Strick ist darauf zu sehen.*

Blum greift zur Sanoussipackung.

Umschlag und Papier haben keine besonderen Merkmale. Frau Hansen bestätigt, dass er im Briefkasten lag. Darüber muss Blum nachdenken.

Zu seiner 10-Uhr-Besprechung kommen zwei Frauen jenseits der 50. Die eine holt aus ihrer Handtasche drei Schriftstücke, die Blum überfliegt. Ein Durchsuchungsbefehl gegen eine Krankenschwester wegen illegaler Abtreibungen, ein Verzeichnis beschlagnahmter Gegenstände und eine polizeiliche Vorladung. Blum kann helfen und lässt sich eine Vollmacht geben.

Er braucht Aussprache wegen des anonymen Briefes. Brixen ist dafür nun nicht der Richtige. Der Kollege Kilb fachlich wohl, aber er war Blum bei einer gemeinsamen Verteidigung im Frühjahr sehr arrogant gekommen. Dem Redakteur Nolte mit seinen Amtskontakten traut er nicht. In seinem Adressbuch findet er die Karte. Das Fernamt verbindet ihn mit Hansa 6092.

Dr. Hegewisch ist in seinem Büro.

Blum kommt gleich zur Sache und schildert kurz den Prozessverlauf und die Folgen. Der Hamburger Kollege stellt einige Fragen. Blum berichtet von dem Brief und bittet um eine Einschätzung. Ernst zu nehmender Hinweis, Wichtigtuerei oder Provokation?

„Im Staatsapparat, auch bei der Polizei, nehmen immer mehr heute nur noch das Geld von der Republik, haben sich politisch von ihr aber schon verabschiedet. Sozialdemokraten, und dafür spricht wohl der Artikel, fühlen sich schon in die Minderheit gedrängt, wagen kaum noch ein offenes Wort, wollen aber auch nicht alles hinnehmen. Vielleicht beantwortet das Ihre Frage. Können Sie mit der Botschaft etwas anfangen?“

„Natürlich“, sagt Blum, „die Kriminalbeamten sind auf den nächsten Tag als Zeugen geladen. Die Existenz eines zweiten Stricks wäre sehr wichtig.“

Er bedankt sich und Hegewisch sagt: „Bedrohungen, besonders, wenn sie auch noch ein politisches und familiäres Motiv haben, muss man ernst nehmen. Soll ich in diese Richtung etwas organisieren?“

Blum kann sich nicht denken, was. Aber er bedankt sich erneut.

Der Brief hat ihm Auftrieb gegeben.

Bis 12 Uhr sind die Akten bearbeitet und die Briefe unterzeichnet. Die Smucek-Akte steckt Blum ein. Morgen wird er sie sich noch einmal in Ruhe vornehmen. Er geht gemeinsam mit seiner Sekretärin. Der Misthaufen ist noch da.

In Modedingen ist Blum ungeübt. Nach dem Bad entschließt er sich aber zu einer farbigen Krawatte – einer Vernissage und ihrem Publikum angemessen. Um halb fünf läutet er bei Brixens.

Die Hausgehilfin öffnet. „Gnädige Frau ist gleich fertig. Herr von Brixen ist im Garten." Der Hausherr versucht mit seinen Söhnen einen Drachen steigen zu lassen. Groß genug ist der Villagarten dafür, er hat aber auch einige hohe und verzweigte Bäume. Das macht es schwierig. Man begrüßt sich. Vater Brixen wünscht viel Kunstvergnügen.

Frau von Brixen schwarz-elegant, ihre Perlenkette teurer als Blums Hausinventar, und von ihr geht ein sehr angenehmer Duft aus. Blum kann sich wohlerzogen benehmen: „Du siehst hinreißend aus, Margaretha." Ihm wird gedankt.

„Stößt Agnes hier zu uns?"

„Dazu später."

Blum ist auf einen Spaziergang eingestellt, aber es wird gefahren. Margaretha steigt auf die Fahrerseite des Adler, zieht ihre hochhackigen Schuhe aus, schlüpft in ein bequemeres Paar, das schon dort liegt, und die Fahrt beginnt.

„Ich habe übrigens die gewünschte Zeichnung in meiner Handtasche."

Das Künstlerhaus liegt am Prinzesshof in einem kleinen Park inmitten der Stadt.

Frau von Brixen ist, als eine Förderin und als Vorstandsmitglied des Kunstvereins, bald von Künstlern und Kunstfreunden umring. Blum betrachtet einige Werke. Junge Kunst im Zeittrend. Sehr farbig, halb abstrakt, halb konventionell. Zwei, drei Collagenbilder. Er kennt das aus dem Ende seiner Berliner Jahre. Bis zur Provinz braucht es einige Zeit. „Sehr apart", sagt eine Dame mit Weinglas neben ihm. Er hatte auch früher keine künstlerischen Ambitionen gehabt, der Literatur gehört seine Vorliebe. Ausstellungen sieht er aber gern, oft auch im Künstlerhaus.

Auch andere Förderer der Kunst sind zugegen. In diesen Kreisen der Stadt ist Blum nicht zu Hause. Er kennt nur Margarethas älteren Bruder Marcus van de Los, der die Zuckerfabrik seit dem Tod des Seniors leitet. Und natürlich Herrn Perschke, den Kunstlehrer seines Gymnasiums, nun schon mit sehr weißen Haaren, immer noch mit blauem Halstuch. Mit Glas, aber nur in Begleitung einer Gönnerin, begrüßt ihn sein ehemaliger Klient Amseln Rex. Es wird eine Rede gehalten. Blum nimmt jetzt auch einen Wein. Die Rede ist lang.

„Entführ mich", sagt Margaretha danach, „ich bin rednerischen Wasserfällen ausgesetzt." Sie gehen in eine Ecke.

„Ich bin Dir noch eine Antwort schuldig. Die gute Agnes wird heute nicht kommen. Ich fürchte, lieber Johannes, ich muss es wohl so sagen, sie missbilligt, was Du getan hast und was nun jeder in dieser kleinen Stadt gelesen hat. So hat sie es mir am Telefon gesagt."

„Missbilligst Du es auch?", fragt Blum.

„Ich weiß nur, was ich gelesen habe. Und dass Peter besorgt ist. Mehr hat er mir nicht gesagt. Schuld,

Unschuld, schwer zu sagen. Aber sicherlich gibt es bessere Gelegenheiten, Stadtgespräch zu sein. Mir gefällt auch Unkonventionelles, in der Kunst und auch sonst. Agnes wohl eher nicht. Und ich kann das verstehen. Sie hat keine leichten Jahre gehabt und möchte Sicherheit. In jeder Beziehung."

Blum kann nicht das Glas halten und rauchen. Er entscheidet sich für die Sanoussi.

„Immerhin geht es um einen Mordprozess, also um viel. Aber es wird wieder in ruhigere Bahnen kommen, die schrillen Töne kommen aus einer gewissen politischen Ecke."

„Diese politische Ecke ist doch wohl eher eine Flut, die sehr bald über die Ufer treten kann. Ich lese auch Zeitungen."

„Du hast ja recht. Aber darf man vorher vor ihr kapitulieren? Nicht alle denken so, vielleicht noch die Mehrheit. Es ist doch nur ein Prozess."

„Nur?"

„Ich setze mich doch für einen Menschen ein, damit er gerecht behandelt wird." Blum drückt seine Zigarette aus.

„Gestern waren wir bei den Raventlows eingeladen, eine größere Gesellschaft. Es war ein Thema. Die Herren glaubten überwiegend an die Schuld dieses Polen und halten Dich für einen Roten, bei den Damen gab es einige wenige, die auch das Romantische an der tragischen Geschichte sahen, wenn sie denn stimmt."

Die besseren Kreise denken also wie wahrscheinlich die meisten Leute.

„Auf uns kannst Du zählen", sagt sie mit einem Lächeln, „ich mache Dich jetzt mit aufstrebenden Künstlern bekannt. Und Agnes solltest Du einiges klarmachen. Ich glaube, sie wartet."

Gegen sieben trennen sich ihre Wege. Margaretha fährt nach Haus. Blum findet Anschluss an eine Künstlerclique, die in das Lokal Panoptikum am Störhafen geht. Eine Gegend für Nachtschwärmer, ohne guten Ruf, aber mit Charakter.

Der Prozess spielt dort keine Rolle, er ist akzeptiert. Es geht um Ausstellungen und Stile. Ein Student der Kieler Kunstschule führt das größte Wort, seine Bilder waren heute auch ausgestellt. Paris ist ein großes Thema, aber niemand ist schon einmal dort gewesen. Über Amseln Rex hört Blum nichts Gutes. Freundschaftliche Eifersüchteleien bekommt er mit. Von Berliner Ausstellungen kann er berichten, dem Milieu war er damals nahe. Man trinkt hier bläulich schimmernden Schnaps und ein sehr junger Mann reinen Absinth, der doch eigentlich verboten sein sollte.

Nur zwei Damen gehören zu dem Kreis. Eine ist die Freundin eines Mannes mit markanter roter Fliege. Die andere unterrichtet Kunst an der Höheren Töchterschule. Auch eine Agnes. Den Familiennamen hat Blum sich nicht gemerkt. Sie malt und bildhauert selbst und sucht ein kleines Atelier. Auf seinen leerstehenden Werkstattraum kommt er zu spät. Da ist das Gespräch schon woanders. Alle bestellen zur vorgerückten Stunde eine Suppe. Blum spendiert eine Runde. Als er geht, hat der Sonntag schon begonnen. Die andere Agnes schließt sich der Frau und dem Mann mit der Fliege an. Der Werkstattraum bleibt aufgespart. Sein Heimweg wird beschwerlich, er hat durcheinandergetrunken.

Nach mehreren Tassen starken Kaffees ist er um 11 Uhr bereit für zwei Partien Schach wie jede Woche. Das Ritual findet seit Jahren statt. Der Ort wechselt von Sonntag zu Sonntag. Das Spiel muss schon aufgestellt sein, und Kaffee und ein Glas Wasser müssen bereitstehen. Mehr nicht.

Mit „Pille" Feldhusen sitzt er in seinem Wohnzimmer. Die Partie läuft gut für Blum. Er schlägt gerade den zweiten Springer, und Feldhusens Turm ist nicht mehr zu retten.

Den Blick – wie immer – auf das Brett gerichtet und in die übliche Stille hinein sagt der Vize-Vorsteher des Itzehoer Finanzamts plötzlich: „Du hast sehr unorthodox eröffnet. Tollkühn angegriffen, aber die Deckung sträflich vernachlässigt. Entweder Du hast noch etwas Geniales in petto, oder sie setzen Dich matt, Blumi."

Blum versteht, was der Freund meint. Er gewinnt heute die erste und verliert die zweite Partie.

Den Nachmittag leiten zwei Stunden Mittagsschlaf ein, dann arbeitet er an der Smucek-Akte.

Er will auf jede Reaktion vorbereitet sein. Dann ein einfaches Abendbrot. Früh geht er ins Kinderzimmer und kann lange nicht einschlafen. Etwas Geniales hat er nicht in petto. Vielleicht einen zweiten Strick.

24

Montag, der 19. Oktober 1931
Der dritte Prozesstag

Gefängniswachtmeister unterstützen ihre Justizkollegen. Auch die Polizei ist im Inneren des Gerichts präsent. Der Andrang ist erneut groß.

Aber keine SA-Männer.

Blum ist überrascht und gelangt schnell in den Sitzungssaal. Darauf ist er nicht gefasst. Er hat keine Vorkehrungen getroffen, sich aber vorgenommen, die Polizisten anzusprechen, wenn er bedroht oder bedrängt worden wäre. Was steckt dahinter? Er macht sich Gedanken über Clara Hansen, die allein in seinem Büro ist. Sind sie jetzt dort? Soll er Feldhusen bitten, dort vorbeizugehen?

Die Tür zum Zuhörerraum ist bereits geöffnet. Die Plätze fast vergeben. Er hatte Brixen geraten, früh zu kommen. Ein Honoratiorenstuhl ist für ihn nicht vorgesehen. Auch die Pressebank ist schon gefüllt. Wieder kommt Redakteur Nansen von den „Itzehoer Nachrichten" auf ihn zu.

„Sind neue Überraschungen zu erwarten, Herr Doktor?"

„Ich erwarte Überraschungen vom Gericht, hoffentlich positive."

„Wird Ihr Klient sein Schweigen brechen?"

„Wir werden einstweilen Beweise für ihn sprechen lassen. Alles weitere wird man sehen."

Den Redakteur des „Norddeutschen Echo" kennt Blum nicht. Er will auch nicht danach fragen.

Der Zuschauerbereich ist jetzt restlos gefüllt. Die Leute sind erwartungsvoll. Feldhusen hat einen Platz bekommen. Blum hat sich geirrt. Ein Wachtmeister bringt einen Stuhl, auf den sich Brixen setzt, höflich dankend.

Auch Panek kommt. Mathiessen setzt sich grußlos. Er wechselt nur mit dem Übersetzer einige Worte. Als letzte kommen Elses Vater und sein Anwalt. Böse Blicke.

„Polacke", ruft eine Männerstimme aus der Anonymität der Zuschauerbänke, als man Smucek bringt.

Dann tritt das Gericht ein.

Präsident Krohn mahnt zunächst – nach den Vorkommnissen des letzten Verhandlungstages – alle Erschienenen zu Respekt vor dem Gericht und zur Wahrung der Würde der Verhandlung. Bei erneuten Reaktionen aus der Zuhörerschaft wird unverzüglich der Saal geräumt. Auch die Prozessparteien haben sich angemessen zu verhalten.

Dann zieht er Schriftstücke hervor.

„Dieses Gericht verhandelt den Tod eines jungen Mädchens. Es ist der Vorwurf des Mordes angeklagt. Die Prozessordnung gibt gewisse Rechte, doch das Recht ist nicht schrankenlos. Die Rechte zu nutzen, ist eine Frage der moralischen Integrität. Die Anträge zu bewerten, die Aufgabe des Gerichts.

Der Antrag auf Obduktion des Leichnams der schon Beigesetzten wird verworfen.

Für die Beweisbehauptung geben die bisherige Beweisaufnahme und der Akteninhalt nichts her. Ohne die Anknüpfung an Tatsachen, ins Blaue hinein, darf nichts behauptet werden. Nach der Strafprozessordnung obliegt dem Gericht der Schutz eines Zeugen gegen ehrenrührige Fragen, dies gilt umso mehr entsprechend für Tote, die zum Beweis herangezogen werden sollen."

Das wohlige Aufatmen des Publikums lässt Krohn geschehen.

„Die beim Gericht von Verteidigerseite schon eingereichten Gegenstände aus einem Korb werden als Beweismittel zugelassen. Sie können anschließend in Augenschein genommen und in den Schlussvorträgen bewertet werden."

Eine hörbare Reaktion bleibt aus.

„Obermedizinalrat Dr. Schmidt-Kamphaus ist erneut heute als Zeuge geladen. Er soll zu behaupteten Verletzungen des Angeklagten aussagen. Außerdem sind zwei Beamte der Kriminalpolizei geladen."

Alles kommt in einem ruhigen Ton. Auch der Saal schweigt. Blum ist zufrieden. Seine Anträge haben dem Prozess eine Richtung gegeben. Er hat Trümpfe ausgespielt, jetzt sollte wenigstens einer stechen. Die Ablehnung der Exhumierung überrascht nicht, den Angriff auf seine Integrität nimmt er hin. Was er beweisen wollte, ist jedenfalls nun allen bekannt.

Jetzt drängen sich alle, außer Blum, Smucek, Vater Rehder und dem Dolmetscher, vor die Richterbank und schauen sich die Asservate an. Auch im Zuschauerraum werden die Hälse gereckt, manche haben sich erhoben. Doch man sieht nur die Rücken von Panek, Mathiessen und dem Kieler Anwalt. Auch die Schöffen beugen sich vor und selbst der Protokollführer. Einzelne Sachen werden in die Hand genommen. Mutige Redakteure sind aufgestanden und gehen nach vorn. Die Wachtmeister weisen sie zurück.

Blum blickt zu Smucek. Er trägt das weiße Hemd, hält den Kopf aber gesenkt. Die Zuhörer sind mucksmäuschenstill. Klaus Rehder sitzt nicht in der ersten Reihe wie an den anderen Tagen. Auch keiner sonst in der SA-Uniform. Wo sind sie? Kurz begegnet Blum dem Blick von Elses Vater. Er hält ihm nicht stand.

Als sich alle wieder gesetzt haben, bittet Panek um das Wort.

„Die Staatsanwaltschaft hatte bereits außerhalb der Verhandlung Gelegenheit, die Asservate zu besichtigen. Mit Erlaubnis des hohen Gerichts möchte ich eine Erklärung abgeben."

Krohn gestattet, und Panek fährt ruhig und kaltsachlich fort:

„Unter den Asservaten finden sich Gegenstände ohne Belang für dieses Verfahren, wie eine primitive Schnitzarbeit, deren Urheber jedermann sein kann. Das angebliche Gedicht, wie einer der Verteidiger zu sagen beliebte, ist ein Kalenderblatt mit dem Satz *Viel Glück und viel Segen/ auf all deinen Wegen*. Wir sehen darauf das Datum: Montag, der 10. März. Es dürfte gerichtsbekannt sein, dass alljährlich in der Vorweihnachtszeit die evangelische Kirche solche Kalender herausgibt."

Von seinem Platz holt er einen Kalender und fährt fort:

„Auch dieses Kalenderblatt stammt daher. Sichtbar an dem kleinen Kreuz unter dem Spruch, wie mein Vergleichskalender zeigt.“

Er präsentiert ihn der Richterbank.

„Der 10. März war aber in diesem Jahr kein Montag, sondern ein Dienstag. Es handelt sich also um einen – wie das Landeskirchenamt mir mitteilte – im ganzen Land verbreiteten Kalender aus dem vergangenen Jahr. Seine Auflage betrug 8000 Exemplare.“

Erstauntes Gestöhne der Zuhörer, vom Vorsitzenden milde gerügt.

„Nun zu der Fotografie. Die Staatsanwaltschaft beantragt die Vernehmung des Zeugen Adolf Herbst aus Hademarschen. Er betreibt dort eine Drogerie und macht auf Wunsch auch Bilder. An dem Wasserzeichen auf der Rückseite wird er das Foto als seines identifizieren. Er hat es 1928 gemacht. Alljährlich macht er Fotos der Abschlussklasse der Volksschule in Gokels. Alle Schüler können das Bild der ganzen Klasse erwerben. Es werden auf Wunsch aber auch einzelne Portraits oder Aufnahmen einer kleinen Gruppe gemacht. Für die abgehenden Schüler, ihre Familien und Verwandten, auch für die Schulfreunde. Kein Bild gibt es nur einmal. Von dem Bild der Ermordeten mit ihren beiden Freundinnen bestehen nach der Erinnerung und den Unterlagen des Zeugen mindestens 10 Exemplare.“

Panek lässt seine Ausführungen einige Augenblicke lang wirken.

„Zum fehlenden Beweiswert dieser Dinge werde ich erst in meinem Plädoyer Stellung nehmen. Einstweilen ist für die Staatsanwaltschaft wichtig, dass es sich bei dem alten Kalenderblatt und dem Foto nicht um Einzelstücke handelt und diese nicht auf Else Rehder zurückzuführen sein müssen."

Ein zufriedener Oberstaatsanwalt setzt sich wieder.

Schnell gekontert, denkt Blum. Nur kurze Zeit waren der Staatsanwaltschaft für ihre Nachforschungen geblieben, und sie hatte die Zeit genutzt. Aber sie musste auf das Vorbringen der Verteidigung eingehen und sich mit Tatsachen auseinandersetzen. Das war gewollt und günstig. Paneks ursprüngliche Strategie war das nicht. Und jetzt wird es noch um Strangulationsspuren gehen, das Geständnis und den verdammten zweiten Strick.

„Auch ich möchte einen Antrag stellen", der Kieler Anwalt ist aufgestanden, „nach dem verleumderischen Unrat, der vom Gericht zugelassen, über die Familie ..."

Mit diesem Auftritt hat der Gerichtsvorsitzende nicht gerechnet. „Sie wollen einen Antrag stellen?"

„Ja, ich bitte, mich nicht zu unterbrechen. Auch der Unrat, der wie Jauche ausgegossen werden dufte, wurde nicht unterbrochen. Hier konnte die Ehre einer Ermordeten und ihrer Familie in den Dreck gezogen werden. Soweit sind wir in Deutschland gekommen. Doch im Reich weht schon lange ein neuer, frischer Wind."

„Sie wollten einen Antrag stellen, Dr. Bohn", unterbricht Krohn ihn.

„Gemach, Herr Vorsitzender, Sie werden eine deutsche Stimme ausreden lassen. Alles was gegen die Ehre der Toten, deren gramgebeugter Vater neben mir sitzt, gesagt wurde, ist eine Lüge. Ein frivoles Gespinst eines kranken Hirnes. Den untadeligen Ruf der gemordeten Else kann ihre Familie bezeugen und ein ganzes Dorf. Einstweilen beantrage ich aber nur die Ladung folgender Zeuginnen ..." Er liest von einem Blatt 12 Frauennamen ab.

„Bevor sie der polnische Unhold mitschnackte und erhängte, kannte das Mädchen den Angeklagten nicht. Ihre Ehre ist unbefleckt. Das können die Zeuginnen bestätigen. Rasch und unnachsichtig muss die Untat abgeurteilt werden, das will die Familie, das gebietet die Gerechtigkeit."

Elses Vater schlägt zweimal mit der Faust auf den Tisch. Der Anwalt hat sich gesetzt.

Von den Zuhörern kommen Zustimmungslaute. Präsident Krohn räuspert sich und lässt den ersten Zeugen hereinrufen.

Obermedizinalrat Schmidt-Kamphaus ist Blum bekannt. Er ist schon Gutachter im Giftsuppenprozess gewesen.

Er wird aufgefordert, im Zusammenhang zu berichten. Am 5. Oktober wurde ihm der Angeklagte im Gerichtsgefängnis vorgeführt. Nach Weisung der Staatsanwaltschaft sollte er ihn auf Verletzungen untersuchen. Dazu hat er ein kurzes schriftlichen Gutachten zur Akte gereicht. Zum Zeitpunkt der Untersuchung hat der Angeklagte eine nicht durchgängige und schmale Verfleckung des Halses gehabt, die mittelbraun verfärbt war. Es gab ebenfalls eine abklingende Knöchelstauchung rechts und Hämatome am rechten Oberschenkel und am rechten Oberarm.

„Worauf führen Sie die Verfärbung am Hals zurück?“, fragt der Vorsitzende.

„Die Verletzung ist vor Wochen entstanden. Beigebracht worden sein kann sie durch einen Draht, ein geknotetes Tuch, einen Strick, aber eher nicht durch Handwürgen.“

Durch einen Strick, denkt Blum.

„Durch einen Strick, ein Seil, wie beim Erhängen?“, fragt der Vorsitzende.

„Das ist nach dem Zeitablauf schwer zu entscheiden. Einerseits ist die Verletzung gleichmäßig rund, wenn auch nicht durchgehend. Andererseits fehlt es an der charakteristischen Kehlkopfverletzung, die den Todesvorgang einleitet.“

Unruhe kommt auf. Blum wendet seinen Blick vom Sachverständigen ab. Smucek hat begonnen, sein Oberhemd aufzuknüpfen. Er reckte den Kopf vor und spricht, dabei deutet er auf seinen Hals.

„Angeklagter, lassen Sie das, Schluss damit!“, donnert Krohn.

Blum legt seinem Klienten den Arm kurz auf die Schultern. Smuceks Hemd bleibt am Kragen offen, er blickt zum Richtertisch.

„Gibt es Fragen von Seiten der Richter und Schöffen?“, fragt der Vorsitzende. Die Richterbank schweigt.

Das Fragerecht ist geregelt. Erst der Vorsitzende, dann das ganze Gericht, dann Staatsanwaltschaft und die Nebenklage. Blum würde als letzter an der Reihe sein.

„Diese Verletzungen", fragt Panek, „können sie auch vor dem 6. September des Jahres entstanden sein?"

„Sie waren mindestens vier Wochen alt. Höchstens sechs. Eine genaue Rückdatierung ist nicht möglich."

Sie wäre aber möglich gewesen, wenn die Polizisten nachgesehen oder bei einer Übersetzung darauf aufmerksam gemacht worden wären, denkt Blum.

Panek hat keine weiteren Fragen. Der Kieler Anwalt schon.

„Kann sich der Angeklagte selbst die Halsverletzungen beigebracht haben?"

„Autostrangulation ist selten. Die Tiefe der Halsverletzung spricht eher dagegen."

Das Wort eher stört Blum.

„Brauchten Sie für Geld des Steuerzahlers einen Übersetzer, um den Polen zu begutachten?"

„Nein. Im Raum war nur ein Wachtmeister. Bereitwillig wurden mir die Verletzungen gezeigt und Kleidungsstücke dafür abgelegt."

Mathiessen hat keine Fragen. Jetzt kommt Blum.

Vorher kommt Smucek.

Er ruft, für alle überraschend, einige Sätze auf polnisch. Der Lärmpegel steigt. „Ruhe", ruft der Vorsitzende, „Übersetzung!"

Blum ist das nicht recht. Was hatte er gesagt. Die leise Stimme des Dolmetschers. „Ich habe Elsa Schande gemacht, aber sie doch nicht erhängt."

„Nimm nicht ihren Namen in den Mund, Du Tier." Das war Vater Rehder.

Blum legt wieder seine Hand auf Smuceks Schulter. Das muss aufhören. Der Pole sieht zu Elses Vater hinüber, dessen Aufschrei war ihm übersetzt worden. Er weint etwas und schüttelt den Kopf. Sehr viele im Saal blicken von einem zum anderen.

„Ich möchte einige Fragen stellen", sagt Blum.

„Passen die Halsverletzungen beim Angeklagten zu Strangmarken, wie sie entstehen, wenn der Strangulationsvorgang, etwa durch ein gerissenes Seil, abgebrochen wird?"

Schmidt-Kamphaus lässt sich Zeit mit der Antwort. Wie fast jeder in der Stadt dürfte er die Presseberichte verfolgt haben. Mord oder gemeinsamer Freitod? „Dies lässt sich nicht mit Sicherheit beantworten. Dazu war die Untersuchung zu weit nach dem Zufügen der Verletzung. Es gibt Indizien dafür und dagegen, wie ich eingangs ausgeführt habe."

Ein entschiedenes *Sowohl-als-auch*, denkt Blum. Allseits deutbar.

„Die übrigen Verletzungen, worauf führen Sie die zurück?"

„Es sind typische Sturzverletzungen, bei der Art der Verletzungen in ihrer Gesamtheit ein heftigerer Sturz."

„Man kann von einem Baum stürzen, mit einem Fahrrad, bei der Arbeit. Wären das auch Verletzungen, bei einem Sturz aus einer Höhe von etwa zwei Metern, von einem Scheunenboden?"

„Ich beanstande diese Frage, es ist nicht erwiesen, dass der Angeklagte von einem Scheunenboden gestürzt ist. Nicht einmal das Datum der Verletzungen." Panek ist hochgeschnellt.

„Keine unzulässigen Vorhalte, Herr Verteidiger." Krohn wird scharf.

Blum hat gesagt, was er wollte, und kann einlenken.

„Könnte es eine Sturzverletzung aus zwei Meter Höhe sein?"

„Wie Sie schon sagten, von einem Baum, woher auch immer. Solche Verletzungen könnten die Folge sein."

Blum stellt noch eine letzte Frage. „Wäre es dem Angeklagten mit den Verletzungen, insbesondere am Knöchel, möglich gewesen, sich zu bewegen, von einem Ort wegzugehen?"

„Da kein Bruch vorlag, unter Schmerzen, natürlich."

Der Sachverständige wird vereidigt und entlassen.

Jetzt kommen die Kriminalbeamten. Vorher gibt es eine kleine Pause. Blum bleibt auf seinem Platz. Es geht um Beweise, das ist gut. Panek und Krohn gehen aber auch sachlich und umsichtig vor, das fürchtet er fast mehr als Gebrüll und Beschimpfungen. Sollte er Smucek zu einer Aussage bewegen? Stand der das durch und die Fragen danach? Welches Bild würde er abgeben, weinend und sich schuldig fühlend? Das ginge nicht. Und die Geschichte des Kennenlernens mit dem Holzpferdchen, den Äpfeln, Münzen und Birnen auf dem Gatterpfahl, ginge das?

Und würde es ein Dutzend treudeutscher Mädchen als Gegenzeugen bedeuten?

Der erste Beamte ist Kriminalkommissar Mock. Sein massiger Körper passt kaum auf den Zeugenstuhl. Er ist im Auftreten vor Gericht geübt, gibt ungefragt seine Personalien und seine Dienstelle an, bestätigt, dass er mit dem Angeklagten nicht verwandt oder verschwägert ist.

Mock schildert die Vernehmung. Seine Assistenten hatten den Angeklagten in der Scheune festgenommen und ins Präsidium gebracht. Er war sehr weinerlich, reuevoll. Kommandos wie hinsetzen oder später, wo zu unterschreiben ist, verstand er und leistete Folge. Natürlich wurde er auf die gesetzlichen Rechte hingewiesen. So steht es ja auch am Anfang des Geständnisses. Schon den Beamten vor Ort wurde die Tat gestanden. Auf Fragen, ob er das Mädchen mit einem Strick erhängt hatte, wurde immer wieder auf deutsch „ja, ja" gesagt.

Dann tippte einer der Assistenten ein kurzes schriftliches Geständnis. Man gab dem jetzigen Angeklagten ausreichend Zeit zum Lesen. Es wurde ihm auch einmal vorgelesen. Dann hat er es unterschrieben. Wir wussten, dass er ein Pole ist, hielten einen Übersetzer aber nicht für nötig. Der Haftrichter später auch nicht.

„Wie handeln Sie in vergleichbaren Fällen?", will Krohn wissen.

„Einen Polen hatte ich noch nie in meinem Dienstzimmer. Aber glauben Sie mir, auch bei Deutschen habe ich schon Tränen erlebt, einfaches Jasagen und eine Unterschrift. Es erleichtert viele, wenn es heraus ist."

Panek lässt sich die Aufgaben des Zeugen als Leiter der Mordkommission erläutern, die ungefähre Anzahl der bearbeiteten Fälle und die Dienstjahre. Dann fragt er:

„Nach Ihrer Erfahrung, Herr Kommissar, wiesen die Umstände der Ergreifung, der Gemütszustand des Vorgeführten und seine Bereitschaft zu einem Geständnis auf seine Schuld hin?"

„Ich beanstande diese Frage, der Zeuge soll nur Tatsachen berichten", Blum fährt dazwischen.

Es wird laut im Saal, und Krohn sagt, „Ja, ja. So geht das nicht." Doch Mock ist schnell genug.

„Säße der Angeklagte sonst hier."

Panek lächelt. Niemand sonst hat Fragen. Außer Blum.

„Sprach der Angeklagte ein anderes deutsches Wort als *Ja*?"

„Ist das nicht das Wort, das Kriminalisten bei einem Verhör am liebsten hören."

Der Saal lacht.

„Beantworten Sie meine Frage."

„Ich erinnere mich nicht an alle Worte."

„Warum glaubten Sie, dass ein einfacher polnischer Landarbeiter die deutsche Sprache spricht?"

„Weil er richtig reagiert hat. Und weil er nach unseren Ermittlungen nicht das erste Mal in Deutschland gearbeitet haben soll."

„Und das wussten Sie zum Zeitpunkt der Vernehmung?"

„Nein, da noch nicht.“

„Und bei der Feldarbeit und meist unter seinesgleichen lernt man nach Ihrer Auffassung Wörter wie: Belehrung verstanden, Schweigerecht, Verzicht auf Beiziehung eines Anwalts, erhängen, vorgelesen und unterzeichnet ...?“ Blum hob seine Abschrift des Geständnisses hoch.

„Ich soll nur Tatsachen wiedergeben, Herr Rechtsanwalt. Und Tatsache ist die Unterschrift unter dem Geständnis.“

„Warum glauben Sie, gibt es hier vor dem Schwurgericht einen Übersetzer?“

„Dies zu entscheiden, steht einem kleinen Kommissar nicht zu.“

Wieder Lachen.

„Sind Ihnen Verletzungen des Angeklagten aufgefallen?“

„Ich glaube, er hat etwas gehinkt. Möglicherweise weiß der Kollege Braun mehr, er ist auch Zeuge.“

„Sahen Sie oder veranlassten Sie später festzustellen, ob es am Hals des Angeklagten Verletzungsspuren gab?“

„Nein, das tat ich nicht. Mit Verlaub, ich kam dem Angeklagten auch nicht zu nah. Er roch nicht gut.“

Der Saal wiehert.

Was für ein Schwein, denkt Blum.

„Wie viele Bilder wurden in der Scheune gemacht?“

„Am Tatort wurden routinemäßig Aufnahmen gemacht. Assistent Braun ist dafür zuständig.“

Mock wälzt sich zur Vereidigung von seinem Stuhl und geht, jovial lächelnd.

Kriminalassistent Braun ist ein jüngerer Beamter. Er bestätigt die Aussagen seines Chefs zu der Vernehmung. Er hatte das Geständnis nach Mocks Diktat in die Maschine geschrieben und Smucek langsam vorgelesen. Das Hinken hatte er schon beim Abtransport bemerkt. Auf anderes hat er nicht geachtet. Der Festgenommene trug Arbeitskleidung mit einem Kragen. Außer Blum hatte wieder niemand Fragen.

„Sprachen Sie mit dem Angeklagten im Auto auf der Fahrt nach Itzehoe?"

„Nein, er wimmerte die ganze Zeit vor sich hin."

„Wurde im Präsidium daran gedacht, einen Polen, zum Beispiel den Vorarbeiter der Erntehelfer oder jemanden aus Itzehoe, für eine Befragung heranzuziehen?"

„Nein, Kommissar Mock hielt das nicht für nötig."

„Woran erkannten Sie, dass verstanden wurde, was Sie vorgelesen hatten?"

„Es wurde sehr schnell unterschrieben."

„Zeigten Sie dem Angeklagten, wo er unterschreiben sollte?"

„Ja, ich gab ihm auch einen Füllfederhalter dafür."

„Sie machten auch Fotos in der Scheune, wie viele?"

„Ungefähr zwanzig, einen Film."

„Bei der Akte sind sieben Fotos. Wo sind die anderen".

„Wir machen immer die wichtigsten Fotos doppelt, damit es beim Entwickeln keinen Beweisverlust geben kann. Unwichtige Aufnahmen, ohne weitere Bedeutung, kommen nicht zur Akte. Aber sie sind alle auf der Dienststelle."

„Herr Vorsitzender, es gibt demnach 13 Fotos, die nicht bei der Akte sind, ich möchte beantragen, die Vernehmung zu unterbrechen und den Zeugen zu bitten, diese aus dem Präsidium herbeizuschaffen."

Krohn blickt auf seine Uhr. „Dies trifft sich mit meinen Planungen. Wir machen eine kurze Mittagspause. Zeuge Braun, Sie schaffen alle Aufnahme herbei. Dann setzen wir um 1 Uhr pünktlich fort. Das Gericht beabsichtigt, heute die Beweisaufnahme zu beenden."

Der Saal leert sich schnell. Brixen kommt auf Blum zu. Doch der will heute auf den Mittagstisch verzichten. Sie werden sich nach dem Verhandlungstag sehen.

Blum hofft auf den zweiten Strick. Er muss sich schon auf das Ende des Prozesses vorbereiten. Alles geht schnell und so ... glatt.

„Kopf ab", ist der Begrüßungsruf für Smucek nach der Pause.

Krohn lässt alle Prozessbeteiligten an die Richterbank treten. Dort sind Brauns Bilder abgelegt. Diesmal geht auch Blum. Nur der Vater und der Angeklagte bleiben sitzen.

Sieben Fotos gibt es doppelt, sie sind so gut wie identisch mit denen in der Akte. Die sechs anderen werden von vielen Augenpaaren betrachtet.

Noch einmal die Scheune von außen, ein Blick in die ganze Scheune, die Umgebung der Scheune, die Balkenkonstruktion von unten, ein Blick vom unteren Ende der Leiter auf den Heuboden und Smucek neben den zwei Landjägern. Auf dem Boden liegt ein Strick.

Blum nimmt das Bild in die Hand. Fragen müssen in der vorgeschriebenen Reihenfolge gestellt werden. Er zuletzt. Alle setzen sich wieder.

Das Gericht hat keine Fragen an den Zeugen. Panek verzichtet. Der Nebenklägervertreter auch. Ebenso Mathiessen.

Blum erbittet und erhält die Erlaubnis, noch einmal nach vorn treten zu dürfen. Er bitte auch Braun, an den Richtertisch zu kommen.

„Auf diesem Bild, rechts neben dem Landjäger, ist das ein Strick?"

„So sieht es aus", sagt der Kriminalbeamte.

„Ist es der Strick, der um den Hals der Toten war?"

„Nein, den Strick vom Hals der Toten haben wir abgenommen und natürlich als Beweis gesichert. Er müsste sich beim Gericht befinden."

„Und wo ist dann dieser Strick verblieben?"

„Wir haben ihm keine Bedeutung zugemessen, er wurde von uns nicht mitgenommen. Wir haben uns nur um den Strick gekümmert, mit dem das Mädchen erhängt wurde."

„War der Strick schon in der Scheune, als sie ankamen?"

„Ich erinnere das nicht, aber es kamen, außer der Familie, keine anderen Personen in die Scheune während unserer Amtshandlung.“

„Haben die Landjäger von dem Strick gesprochen?“

„Nein.“

„Es ist bedauerlich, dass wir über diesen zweiten Strick nichts in Erfahrung bringen können, er scheint verschwunden.“ Das sagt Blum zur Richterbank. Besonders zu den Schöffen. Dann setzt er sich.

Im Gehen hört er Paneks Stimme.

„Herr Zeuge, das war ein landwirtschaftliches Nutzgebäude. Was sahen sie an diesem Tatort?“

„Was Bauern so haben. Geräte zum Pflügen, Sensen.“

„Bemerkten Sie auch Taue und Stricke, wie sie gebraucht werden zum Verschnüren von Getreidesäcken oder zum Anleinen des Viehs?“

„Ich habe mein Augenmerk nur auf einen einzigen Strick gelenkt, den am Hals des Mädchens.“

„Können Sie auf Ihren Eid nehmen, dass sich außer dem Mordwerkzeug und dem einen Strick am Boden, in der Scheune nicht noch mehr Stricke befanden?“

Der Zeuge bekräftig, dass er nicht auf andere Stricke geachtet hat, und wird nach seinem Eid entlassen.

Präsident Krohn ergreift das Wort.

„Wir haben jetzt bereits drei Tage verhandelt. Das Gericht beabsichtigt die Beweisaufnahme zu schließen. Heute Morgen habe ich bekannt gegeben, dass eine weitere Leichenschau nicht durchgeführt wird.

Damit dürfte sich auch der Antrag von Dr. Bohn erledigt haben. Den Fotografen brauchen wir wohl auch nicht, das kann als wahr unterstellt werden. Gibt es noch weitere Anträge? Sonst schließe ich die Beweisaufnahme."

Das Geständnis als fragwürdig dargestellt, Hinweise für die Bekanntschaft der beiden vorgelegt, Smuceks Verletzungen eingeführt und endlich auch den zweiten Strick. Mehr hat Blum nicht. Wissen die beiden Landjäger mehr über den Strick? Soll Smucek doch hier über sich und Else erzählen? Weiß der zweite Kriminalassistent Ungesagtes über das Verhör? Nein, mehr will Blum nicht.

Die Sitzung wird geschlossen. Morgen sollen die Schlussvorträge erfolgen und dann das Urteil.

Der Saal leert sich. Die Verabredung in Blums Büro ist schon getroffen. Jetzt hat er noch etwas mit seinem Klienten zu erledigen. Dafür braucht er Schwester Danuta nicht. Die Wachtmeister nehmen ihn mit durch den Gang ins Gefängnis.

Als Blum sein Büro betritt, hat Frau Hansen Brixen und Feldhusen Kaffee in seinem Arbeitszimmer serviert, Post und eine Nachricht für ihn.

„Wünschen die Herren auch einen Weinbrand?" Der Kollege will, der Referendar nicht.

Blum schenkt sich auch ein. „Und, wo stehen wir?", fragt er in die Runde.

„Heute lief es 1a", sagt Feldhusen. „Nach dem letzten Mal war daran nicht zu denken."

„Es lief nicht schlecht, fast zu glatt. Möchte wissen, was da hinter den Kulissen geschoben wurde."

Blum steckt eine Sanoussi an und prostet Brixen zu.

„Mich hat das prima unterhalten. Schwurgericht ist schon was anderes als meine drögen Prozesse. Bei einem Theaterstück bekommt das Publikum aber alles präsentiert, hier war das nicht so. Ein anderer Strick war gut zu sehen?“ Brixen signalisiert mit erhobenen leeren Glas den Wunsch nach einem weiteren Weinbrand.

„Ja, er hat da gelegen. Ehrlich gesagt, ich hatte Hinweise, dass es ein solches Foto gab.“

„Hinweise?“, fragt Brixen.

„... über deren Urheber ich nichts sagen will. Aber offenbar zutreffende.“

„Was erzählt man sich in der Stadt, Kollege Feldhusen?“ Blum schenkt noch mal die beiden Gläser voll.

„Das mit der Exhumierung hat wohl viele empört, normale Leute. Aber nach heute... “

„Und für Sie selbst. Der erste Monat bei mir ist noch nicht rum, aber schon viel passiert, oder?“

„Ja, das hätte ich nicht gedacht. Besonders, wenn man bedenkt, dass ich ab Januar bei der Staatsanwaltschaft Referendar sein werde.“

„Schieben Sie alles auf Blum,“ sagt Brixen.

Der Weinbrand wird getrunken.

„Den Polen habe ich mir anders vorgestellt, bedrohlicher. Er war mehr so ... unscheinbar.

Man hatte nicht den Eindruck, dass er im Mittelpunkt steht.“ Brixen wiegt den Kopf hin und her.

„Hattest Du gedacht, eine Gruselgestalt wie Nosferatu aus dem alten Stummfilm zu sehen?"

„Nach allem, was ich gelesen hatte, vielleicht. Und ich dachte, der Vater würde ihn erwürgen, nach seinem Ausbruch ... *Du Tier.*"

„Ich hatte auch heute SA-Uniformen im Gerichtssaal erwartet, warum sind sie nicht gekommen?"

Keiner kann Blum die Frage beantworten.

„Beweise hin, Beweise her. Wenn ich ein Mädchen totmache, dann lauf ich doch weg oder humpel weg. Ich hab ja noch Zeit, und keiner hat mich gesehen. Das spricht für den kleinen Polen." Brixen raucht jetzt auch.

„Aber was die Leute nicht glauben, auch nicht die Geschworenen, einen von denen, einen Amtmann, kenne ich, was die nicht glauben ist, dass sich eine Bauerntochter mit einem Polen einlässt. Eine Magd vom Gut ja, oder eine aus der Stadt. Aber so eine, nee."

Das ist auch Blums Problem.

„Unter den Zuschauern hat man sich allen Ernstes gefragt, ob Du Jude bist."

Brixen muss in sein Büro. Er bedauert, dass er morgen nicht kommen kann, will aber alles später erzählt bekommen.

„Margaretha möchte zum Abendessen einladen, morgen oder Mittwoch. Gib uns Bescheid."

Blum bestellt Grüße. Er lässt Feldhusen die Tagespost bearbeiten. Der Rest des Nachmittags und der Abend gehören der Vorbereitung auf sein Plädoyer. Wenn er Fehler begangen hat, kann seine letzte Rede auch nichts mehr retten. Aber das hat er nicht. Jetzt muss er zum Gericht sprechen und seine Argumente zusammenfassen. Er muss den Zweifel in die Köpfe von Richtern und Schöffen tragen.

Klaus Rehder und seine politischen Freunde hatten zwei ereignisreiche Tage verbracht. Am Sonntag marschierten sie mit 100000 Mann durch Braunschweig. Es war die bis dahin größte Heerschau der nationalsozialistischen Bewegung. Nach diversen Wahlerfolgen war am Sonntag davor in Bad Harzburg eine gemeinsame Front mit anderen nationalen Parteien und Verbänden geschmiedet worden. Dieser Sonntag gehörte ihnen allein. Spät in der Nacht kehrten sie, siegestrunken und durchfroren, heim. Stundenlang waren sie dichtgedrängt auf der Ladefläche von Lastwagen zurückgefahren. Fast 500 Mann aus der Steinburger Region.

Am nächsten Morgen ging es früh nach Pöschendorf. 1500 Menschen hatten sich dort versammelt, um die Zwangsversteigerung des Jansenhofes zu verhindern. Sie agitierten und halfen, Gerichtsvollzieher und den Gläubigervertreter der Landschaftlichen Bank aus Kiel unter Druck zu setzen. Am Nachmittag genehmigte das Amtsgericht Itzehoe den Aufschub der Vollstreckung. Danach bildete sich ein riesiger Demonstrationszug, der sich unter dem Gesang vaterländischer Lieder durch den kleinen Ort bewegte. So berichteten die „Itzehoer Nachrichten" später.

Am Dienstag werden sie wieder da sein, wenn es im Prozess um den Kopf geht.

25

Dienstag, 20. Oktober 1931
Der letzte Prozesstag

Drei große Schilder, für jedermann zu sehen.

„Deutsches Blut“. „Deutsche Ehre“. „Deutsche Sühne“.

SA-Männer tragen sie direkt an der Eingangstreppe zum Gericht. Die uniformierte Staatsgewalt steht daneben. Blicke und zustimmendes Nicken. Wieder stehen die Menschen bis auf den Bürgersteig und die Straße. Neben den Schildträgern andere Männer in der braungrauen Uniform, die Stricke hochhalten. Henkersstricke. Sie stehen wie in einem Spalier. Nicht nur draußen, sondern auch im Inneren des Gerichtsgebäudes. Ungehindert wird auch dort das Symbol ihrer Erwartung gezeigt. Der Publikumsandrang ist größer als an allen anderen Tagen. Um die Saalplätze gibt es offenen Streit. Fotografen schießen Bilder. Redakteure sichern sich ihre Plätze.

Im Büro liest Blum die „Itzehoer Nachrichten“. *Scheunenmord: Ringen um die Wahrheit – Heute Urteil.* Der Artikel ist groß und sachlicher als am Freitag. Die Ablehnung der Leichenschau wird begrüßt, auf den zweiten Strick nur wenig eingegangen. Die ärztlich bestätigten Verletzungen des Angeklagten und das geheimnisvolle Bild der drei Mädchen spielen eine große Rolle. Der Redakteur macht sich Gedanken über die Empfindungen von Wilhelm Rehder und schildert seinen Ausbruch gegenüber dem Angeklagten. Spekuliert wird über eine

Aussage von Smucek im letzten Moment. „Bricht der Pole endlich sein Schweigen?“ ist eine fettgedruckte Zwischenüberschrift.

Dann ist es Zeit zu gehen. Die drei Männer, die sich gestern bei seiner Sekretärin angekündigt hatten, sind pünktlich erschienen. Frau Hansen hat ihnen einen Kaffee gemacht. Sie beriefen sich auf Dr. Hegewisch, und das war nicht nötig, denn mindestens einen erkannte Blum von dem Abend in Baumanns Gesellschaftshaus wieder. Den unerwarteten, breitschulterigen Beistand nahm er an. Mit Beschimpfungen könnte er leben, mit Angriffen nicht. Er geht schließlich nicht zur Schlachtbank.

Feldhusen kommt. Er hat heute morgen keinen Platz mehr bekommen. Blum bietet an, er kann sich an die Verteidigerbank setzen. Doch sich so exponieren will der Referendar nicht.

Der Weg zum Gericht ist kurz. Die drei Männer bringen ihn ohne Schwierigkeiten in den Flur. Dann doch die ersten Wortwechsel. „Kommune“ kommt von den SA-Männern. Dann ist der Sitzungssaal erreicht. Alle sind schon da. Blum begrüßt niemanden. Er schaut sich um. Klaus Rehder an seinem Platz. Die Honoratiorenstühle sind wieder besetzt. Auch von ihm wird ein Foto gemacht.

„Mörder“ und „Dübel“ gelten Smucek. Der trägt Hemd und Strickjacke. „Ich habe die ganze Nacht gebetet“, lässt er übersetzen.

Auch das Gericht lässt sich fotografieren. Die Sitzung wird eröffnet. Die Schlussvorträge von Anklage und Verteidigung.

Als erstes gehört die Bühne des Gerichtssaals Oberstaatsanwalt Panek.

Er spricht in die absolute Stille hinein, ruhig und um Überzeugungskraft bemüht. Panek ist nicht dumm, er hat die Erfahrung von Jahrzehnten, auch in großen Prozessen vor diesem Schwurgericht. Seinen Kneifer setzt er ab. Er braucht nicht auf seine Aufzeichnungen zu sehen, spricht frei. Sparsam setzt er Gesten ein, er spricht zum Gericht, blickt aber auch gelegentlich zu den Zuhörern.

Panek würdigt zunächst das Opfer, von dem in den Verhandlungstagen zu wenig die Rede war. Kommt auf ihren guten Leumund zu sprechen, malt aus, was sie in ihrem Leben unwiederbringlich an schönen Dingen nicht mehr erleben kann.

Die Anklage sei durch die Beweisaufnahme vollauf bestätigt worden: Der Angeklagte hat Else Rehder in der Nacht des 6. September ermordet. Er wurde am Tatort festgenommen und hat die Tat gestanden. Er bezichtigte sich noch in der Scheune. Dann legte er ein schriftliches Geständnis ab. Deutsche Kriminalbeamte haben keinen Grund, etwas zu erfinden. Sie haben als Zeugen geschildert, wie es dazu kam. Der Angeklagte hat verstanden, was er unterschrieb, es kommt auf das Eingeständnis der bestehenden Schuld an, nicht auf Formulierungen. Nicht anders war es am selben Tag vor dem Haftrichter. Und auch in dieser Hauptverhandlung – übersetzt in die polnische Sprache – hat er sein Geständnis bestätigt. Dass ihm für einen langen Prozess mit schwierigen Ausdrücken und juristischen Reden ein Übersetzer zur

Seite steht, ändert daran nichts. Das ist etwas ganz anderes. Auch das ganze Verhalten des Angeklagten, der es kaum wagt, vom Boden aufzusehen, spricht für ein Bekenntnis zur Tat.

Widerrufen hat das Geständnis nur einer der Verteidiger des Angeklagten, dem dieser dabei willig oder leicht beeinflussbar folgte, auf einem Weg, der das Opfer noch nach ihrem Tod besudeln soll. Nichts davon ist wahr, es gereicht den dabei Beteiligten in diesem Saal zur Unehre.

Dann skizziert Panek einen „teuflischen Plan“, in dem das Wort *Besessenheit* häufig vorkommt.

Durch die Arbeit im selben Dorf habe Smucek das Opfer gesehen und sei von ihr besessen gewesen. Das ist kein Einzelfall. Panek nimmt eine Akte von seinem Tisch und zeigt sie in Richtung der Richterbank. Frivoles Vergnügen, verkommene körperliche Lüste von anderen aus dem Kreis der polnischen Erntehelfer haben zu Anzeigen von Frauen und Mädchen geführt, die ebenfalls Opfer von Nachstellungen geworden sind.

Um diese Besessenheit zu steigern, hat der Angeklagte Dinge gesammelt, die in seiner perversen Trugwelt vom Opfer stammten. Ein Kalenderblatt, eine Schleife, die von jedem stammen könnten. Auch ist ihm ein vielfach verbreitetes Bild der Toten in die Hände gefallen. Er könnte es gefunden oder durch einen Diebstahl erlangt haben. Er wusste, wo Else wohnte, er konnte sich auch Zugang zu anderen Höfen der Familien ihrer Schulkameradinnen verschafft haben. Vollständig auszuschließen sei, dass es ihm freiwillig gegeben wurde. Der Charakter des Mädchens sei darüber erhaben gewesen, das hat ihre Lehrerin als Zeugin geschildert. Wer anderes behauptet, legt erneut Hand an die Ermordete.

Das perverse Sammeln reichte dem Angeklagten in seiner Besessenheit nach einiger Zeit nicht mehr aus. Er wollte das Mädchen besitzen, sich zu Willen machen und vernichten.

Er sprach Else an und – wir wissen nicht, wie er es vollbrachte, mit List oder unter Ausnutzung der Naivität einer Minderjährigen – lockte sie in jener verhängnisvollen Nacht in die Scheune in der Nähe ihres Elternhauses. Soviel deutsch konnte er also sprechen und verstehen. Er war präpariert mit Stricken, um zu fesseln und zu töten. Natürlich kundschaftete er auch den Ort seiner Tat vorher aus. Er plante alles vorher. Durch das Zeugnis des Arztes wissen wir, dass es gegenüber der Toten nicht zu einer Notzucht kam. Sie hatte sich den Gelüsten des Angeklagten verweigert. Das war ihr endgültiges Todesurteil. Wir haben den Strick gesehen. Er hatte einen kräftigen Knoten, wie ihn Landarbeiter, aber nicht die zarten Hände eines Mädchens knüpfen können.

Offenbar führte der Angeklagte auch einen zweiten Strick mit sich. Jeder Mörder will mehr als eine Kugel abfeuern können, mehrmals mit einem Knüppel schlagen oder genug Gift für einen zweiten Versuch vorrätig halten. Der zweite Strick, um den zuviel Wind gemacht wird, war nur in Reserve. Es ist aber auch nicht ausgeschlossen, dass der Angeklagte, nachdem seine perverse Besessenheit gedämpft war und er seine Untat sah, seinerseits aus Angst vor dem, was ihn erwartete, selbst aus dem Leben scheiden wollte. Dafür könnten die Spuren an seinem Hals sprechen. Wenngleich nicht einmal der Zeitpunkt ihres Entstehens datiert werden konnte. Umso mehr wäre durch diesen halbherzigen Versuch, sich der Gerechtigkeit zu entziehen, seine Schuld bewiesen.

Gibt es etwas, was zugunsten des Angeklagten sprechen könnte? Seine Jugend, die Unbestraftheit in Deutschland? Dies tritt vor der grausigen Tat vollends zurück. Ist er geisteskrank, liegen die Voraussetzungen des § 51 vor? Nein. Er war bei klarem Verstand, als er sein Opfer auswählte und zum Tatort lockte, er hatte das Mordwerkzeug dabei und ging zielbewusst, unter Ausnutzung überlegener Körperkräfte, vor. Der § 51 des Reichsstrafgesetzbuchs könne ausgeschlossen werden. Panek kommt zum Schluss:

„Für diesen Angeklagten gibt es nur eine Sühne. Die Staatsanwaltschaft beantragt wegen Mordes die Todesstrafe."

Durch den Zuhörerraum geht ein wohliges Aufatmen. Der Oberstaatsanwalt setzt sich.

In die Stille hinein ruft Smucek plötzlich wieder etwas auf Polnisch. Es entsteht Unruhe. Der Vorsitzende lässt übersetzen. „Ich habe die Schlingen für uns beide gemacht. Wir haben uns geküsst. Es war für uns beide." Große Unruhe. In sie hinein ruft Vater Rehder etwas Unverständliches. Es wird zur

Ruhe gemahnt. Panek ruft: „Ja, Sie haben die Schlinge gemacht."

Als nächstes steht Dr. Bohn auf. „Für immer muss dieser Mörder schweigen", reagiert er auf Smuceks Worte.

Er schildert die ehrbar-deutsche Familie Rehder. Die Tochter, geliebt von Vater und Brüdern. Das gerechte Verlangen nach Sühne. Dann wird sein Plädoyer politisch. Gegen die Republik, ihre Justiz, die Polen und für eine Kraft, die in Deutschland Ordnung schaffen wird. Das System habe kein Geld für notleidende Bauern und die Millionenschar der Erwerbslosen, doch bei diesem Prozess spielt Geld für Verhandlungstage, Anwälte, Übersetzer und die Verköstigung eines Mörders mit drei Mahlzeiten im Gefängnis keine Rolle. Auch er beantragt die Todesstrafe.

Zustimmung im Zuhörerraum. „Sofort ein Urteil" wird gerufen.

Offizialverteidiger Mathiessen ist kaum zu verstehen, so verschüchtert leise spricht er. Offenkundig geht er von der Schuld seines Klienten aus. Doch eine krankhafte Störung der Geistestätigkeit dürfte vorliegen, bei allen Umständen der Tat. Er bittet um ein Urteil unter Berücksichtigung des § 51.

Keine Reaktion. Der Saal wartet. Fast alle Augenpaare suchen Blum. Er steht auf.

Blum ist präpariert. Er hat seinen Schlussvortrag nicht schriftlich formuliert, sondern Stichpunkte gemacht. Für sich, zur Probe, hat er ihn schon zweimal gehalten. Er spricht nicht zu den Zuschauerbänken oder den Zeitungsschreibern, auch nicht zu Elses Vater. Er wendet seinen Blick nur auf die Richterbank. Neun Männer. Er hat Juristisches für die drei Berufsrichter, aber auch die sechs Geschworenen sollen erreicht werden. Gewerbetreibende, Handwerker, zwei Behördenangestellte, ihre Namen und Berufe stehen auf dem Terminszettel neben der Saaltür. Auch sie haben gleichberechtigte Stimmen bei der Urteilsberatung. Vielleicht finden sich unter ihnen Männer, die trotz der Autorität des Gerichtspräsidenten, der fremden juristischen Welt und dem Gerede der Leute selber denken.

Blum beginnt mit der Feststellung, auch er habe nach den ersten Meldungen in den Zeitungen gedacht wie viele. Doch es gibt eine andere Sicht auf den schrecklichen, von ihm bedauerten Tod von Else Rehder.

Eine unglückliche Bekanntschaft sei im Frühjahr entstanden …

Weiter kommt Blum nicht. Klaus Rehder brüllt dazwischen: „Hört euch diesen Kerl an. Ich lasse meine Schwester nicht besudeln."

„Jetzt habe ich das Wort. Hohes Gericht, sorgen Sie dafür, dass ich nicht unterbrochen werde. So will es das Gesetz."

Präsident Krohn sagt: „Ruhe, die Zuhörer haben alle zu schweigen." Und als Rehder zurückruft: „Sie schweigen oder verlassen den Saal, wir sind hier nicht auf einer Parteiveranstaltung." Daraufhin gehen Rehder und andere Uniformierte geräuschvoll. Sie drohen: „Dieser Spuk ist bald zu Ende."

Blum beginnt erneut. Eine unglückliche Liebe sei in einem kleinen Dorf in Deutschland geschehen. Über Stand und Nationalität hinweg, mit tragischen Folgen, die ein junges Leben kostete und ein zweites zerstört hat.

Wieder wird es unruhig im Saal. Aber er ist jetzt in der Spur seines Vortrags.

Zwei junge Menschen haben sich erstmals im Frühjahr beim Ringreiten in Warringholz gesehen und danach oft heimlich, weil sie wussten, dass das nicht gerngesehen war. Freiwillig haben diese Treffen im Verborgenen stattgefunden. Freiwillig sind kleine Geschenke ausgetauscht worden. Wie junge Menschen es tun. Nur freiwillig ist das Foto in den Korb mit diesen Geschenken gelangt. Man kann – wie die Staatsanwaltschaft meint – wohl eine Schleife oder ein Kalenderblatt mit einem kirchlichen Spruch finden. Aber niemals ein Bild. Das ist eine Erinnerung. Niemand schmeißt es weg. Man klebt es in Alben oder legt es an einen sicheren Ort. Der Angeklagte arbeitete im selben Dorf, doch für das Gut. In die Ställe und Scheunen hat er gehen können, doch nicht als Dieb in ein Bauernhaus.

Nicht ohne natürliche Folgen ist die Bekanntschaft junger Menschen, schließlich keine Kinder mehr, geblieben.

Die Unruhe ist nun wieder heftig. Aber auf der Richterbank sieht man ihn an. Blum spricht weiter.

Das Gericht hat den Antrag, den ich nicht leichtfertig, sondern als Beistand und für die Ermittlung der Wahrheit gestellt habe, aus seiner Sicht verworfen. Doch das Gericht möchte in der Beratung das Unglaubliche jedenfalls erwägen. Es ist eine ungewollte und verheerende Katastrophe gewesen.

Freiwillig haben sich die beiden am Abend des 6. September in der Scheune verabredet. Freiwillig wurde der schwere Entschluss gefasst, ausweglos in den Freitod zu gehen. Freiwillig wurden die Stricke beschafft und der Heuboden bestiegen. Es gab keine Verletzung der Toten, ihre Kleidung war unbeschmutzt und unversehrt. Der Angeklagte hat keine Gewalt gegen sie angewendet. Freiwillig ist der Strick bei beiden um den Hals gelegt und der letzte Sprung getan worden.

Wieder muss der Vorsitzende zur Ruhe ermahnen.

Den schlanken Körper der jungen Frau hat das Seil getragen, nicht den schweren Körper des Angeklagten, der tägliche Feldarbeit gewohnt war. Sein Seil riss. Aber durch die Strangulation war er für längere Zeit ohnmächtig und fiel auf den Scheunenboden. Wir haben den Sachverständigen gehört, der zu den Strickwunden und den Sturzverletzungen gesprochen hat.

Natürlich war der Angeklagte am Morgen von körperlichem und seelischem Schmerz erfasst, verwirrt und aufgelöst. Aber nicht, weil er einen Mord begangen hat, sondern weil sein Selbstmord scheiterte und er sich lebend und sie erhängt sah.

Dieser Ablauf des Geschehens wird von allen Tatsachen gestützt. Es gibt, wie wir erst nach Augenschein aller Fotos der Polizei wissen, den zweiten Strick. Die Verletzungen des Angeklagten an Hals und Körper sprechen dafür. Und ein Mörder hätte ausreichend Zeit und Gelegenheit gehabt, unerkannt aus der Scheune zu fliehen, ohne Entdeckung befürchten zu müssen.

Der Angeklagte hat niemals einen Mord im Rechtssinn gestanden. Aber er fühlte sich, beim Verhör und bis jetzt, schuldig, weil er lebt und sie nicht. Auch weil er Schande über das Mädchen gebracht hat. Er hätte im Polizeipräsidium alles unterschrieben, aber er hat nichts davon gelesen oder verstanden.

Es ist eine Tragödie. Der Angeklagte, der sehr gläubig ist, muss sie auch vor Gott verantworten. Doch ein fehlgeschlagener Doppelfreitod ist nach dem Gesetz nicht strafbar.

Sollte das Gericht aber einen Ablauf der Geschehnisse wie in der Anklage auch für wahrscheinlich halten, dann gilt der Rechtssatz *in dubio pro reo*. Er ist im Recht anerkannt und bedeutet *Im Zweifel für den Angeklagten*. Und dies gilt für arme und reiche Angeklagte, für deutsche und polnische, für solche, die sich in Worten ausdrücken können, und solche, die noch nie vor Gericht gestanden haben und unter der Last moralischer Schuld gebeugt sind.

„Es ist etwas Schreckliches geschehen. Aber Walerjan Smucek ist nicht schuldig im Sinne der Anklage. Ich beantrage, ihn freizusprechen."

Das Gericht lässt der zornigen Reaktion im Saal einige Zeit.

Dann sagt der Vorsitzende: „Angeklagter, Sie haben das letzte Wort."

Smucek weint und schüttelt nur den Kopf.

Es ist fast Mittag. Um fünf Uhr will das Gericht sein Urteil verkünden.

Der Saal leert sich. Die drei Männer der Roten Hilfe begleiten Blum in sein Büro. Es gibt keine größeren Zwischenfälle.

Blum kann jetzt nicht essen. Die drei Männer haben Quartier bei Frau Hansen aufgeschlagen und essen Stullen.

Feldhusen hat gewartet. Sie gehen ins Arbeitszimmer. Diesmal kann Blum ihm einen Bericht geben. Die Frage nach dem Ausgang will er nicht beantworten.

Im Sekretariat wird gescherzt. Es gibt Nachmittagskaffee, und einer der Männer holt Bienenstich.

Blum hat sich in sein Zimmer zurückgezogen. Er liest die Zeitung vom Morgen ganz durch. Die Akte Wunderlich ist gekommen. Der Klient, der in das Haus seines Nebenbuhlers eingedrungen war. Sie hat zum Ende hin eine jähe Wendung. Durch einen Anwalt hat das Opfer alle Strafanzeigen zurückgenommen. Stand dort eine Versöhnung aller Beteiligten im Raum? Vorschuss war jedenfalls eingezahlt.

Tagespost und Unterschriftenmappe erledigt er schnell. Dann bringt er alles in das Vorzimmer. Dort unterhält man sich prächtig.

Blum ist nervös. Seine Schachtel Sanoussi ist leer, und er braucht lange, um die Eiserne-Reserve-Packung zu finden. In der Juristischen Wochenschrift interessiert ihn nur der Aufsatz „Reichsverfassung und Notverordnungen“, er kann sich auf diese Materie aber nicht konzentrieren. Die Zeit vergeht langsam. Besprechungstermine gibt es keine. Feldhusen will erst um fünf wieder ins Büro kommen. Aus seinem Bücherschrank nimmt er Daudes Kommentar zum Strafgesetzbuch, aber er liest dann doch nicht darin.

Um halb fünf ein Anruf der Geschäftsstelle des Gerichts, dass erst um sechs mit einem Urteil zu rechnen sei. Ist eine lange Beratung günstig? Die letzte Zigarettenschachtel ist nur noch halb gefüllt.

Dann ruft Brixen an, kommt mit der Frage, ob es für den Abend beim Essen bleibt und was es Neues gibt. Blum gibt einen Bericht. Sie sprechen noch über die Akte Wunderlich. „Es herrscht Waffenstillstand“, sagt sein Freund.

Endlich wird es Zeit. Einige Polizisten stehen vor dem Gericht, aber keine Leute. Der Flur ist allerdings voll. Morgen werden alle es in den Zeitungen ausführlich lesen können.

Der Saal ist gefüllt und ruhig. Wachtmeister stehen in Kette vor den Zuschauerbänken. Es ist sechs. Smucek wird gebracht, er blickt nach unten. Weitere endlose Minuten vergehen. Gedämpftes Geraune. Dann das Gericht.

Alle stehen auf. Krohn verliest das Urteil im Namen des Volkes.

„Der Angeklagte Walerjan Smucek wird wegen Totschlags zu einer lebenslangen Zuchthausstrafe verurteilt. Die bürgerlichen Ehrenrechte werden ihm auf Lebenszeit aberkannt. Die Kosten des Verfahrens fallen dem Angeklagten zur Last.“

Der Zorn der Zuhörer richtet sich gegen das Gericht. Vielfältige Unmutsäußerungen. Vater Rehder und sein Anwalt erheben sich und verlassen den Saal. Einer der Redakteure folgt ihnen. Auch andere gehen demonstrativ. „Schandurteil" wird gerufen und: „Das will ein deutsches Gericht sein?"

Alle sitzen längst wieder. Blum blickt sich um. Panek wirkt nicht unzufrieden. Smucek ungerührt, weiter mit gesenktem Blick. Auf der Richterbank verschlossene Mienen. Die Presseschreiber haben ihre Blöcke in der Hand. Sie müssen morgen die Begründung bringen.

Krohn spricht nicht lange. Ein schriftliches Urteil wird folgen.

Das Schwurgericht folgt der Staatsanwaltschaft bei der Bewertung der Fakten. Die Schuld des Angeklagten steht außer Frage. Er hat ein blühendes Leben vernichtet. Einen begründeten Zweifel an der generellen Willensfreiheit des Angeklagten gibt es nicht. § 51 kommt nicht zur Anwendung. Das Gericht konnte aber keine Überzeugung gewinnen, dass von Anfang an die Tötung gewollt und geplant war und mit Überlegung ausgeführt wurde. Deshalb hat es die Tat als Totschlag verurteilt. Die auszusprechende Strafe musste wegen der Umstände und des ruchlosen Verhaltens des Angeklagten am obersten Rand des Gesetzes gefunden werden.

Es folgt noch eine Belehrung über das Rechtsmittel. Dann geht das Gericht ab.

Smucek zeigt keine Regung, als die Wachtmeister ihn wegführen. Blum verspricht, morgen mit Schwester Danuta zu kommen.

Die Redakteure umlagern Panek und kommen auch auf die Verteidigerbank zu. Nicht wegen Mathiessen, der geht.

Blum hat nicht viel zu sagen. Die Todesstrafe ist abgewendet, die Beweiswürdigung aber ganz und gar nicht in seinem Sinne. Für die Einlegung einer Revision ist eine Woche Zeit. Die Schreiber sagen, Panek hält die Entscheidung für akzeptabel, sie müsse im Sinne seines Antrages aber überprüft werden. Sie wollen wissen, was Smucek empfindet. Blum sagt nur, dass er viel betet.

Im Gerichtsgebäude ist kaum noch jemand. Nicht zu vergleichen mit den anderen Tagen. Nur einige Wachtmeister erwidern seinen Verabschiedungsgruß.

Die Breitschulterigen bringen ihn ins Büro. Clara Hansen sitzt da noch. Macht sie Überstunden? Blum dankt mit Händedruck. Einer der Männer bittet um seine Visitenkarte. „Gut zu wissen, wo man mal Hilfe finden kann. Nicht so leicht für unserein in dieser Gegend.“ Aufgekratzte Verabschiedung von der Sekretärin.

Blum bringt Robe und Tasche in sein Zimmer. Feldhusen ist nicht gekommen. Mittwochmorgen sind keine Termine. Es ist fast sieben Uhr. Bei Brixens ist er willkommen.

Bis zur Villa ist es eine Viertelstunde Fußweg. Kaum jemand auf der Straße. Es ist schon dunkel.

Die Luft tut gut. Erleichtert ist Blum schon. So etwas wie die letzten Wochen will er nicht wieder. Schwester Danuta würde er morgen gerne ein kleines Geschenk machen, vielleicht ist es der letzte Besuch. Was wird sein Klient sagen. Dem hatte er schon Montag eine Freude gemacht.

Der Hausherr öffnet selbst. Blum nennt das Urteil. „Kopf drangeblieben, immerhin“, ist die erste Reaktion.

Felix von Brixen hat in der Schule gebastelt und will von seinem Patenonkel gelobt werden. Sein Bruder wird gebadet und will von Blum nichts. Seine Mutter lässt sich zur Begrüßung auf die Wangen küssen und will, dass mit dem Essen gewartet wird, bis die Kinder im Bett sind.

Im Salon gibt es echten französische Cognac. Das erste Glas reicht bis zur Schilderung von Blums Plädoyer. Nach dem zweiten ist der Bericht vollständig. Brixen nickt anerkennend. „Kein Todesurteil, das war schwer zu erreichen. *Per aspera ad astra.* Der Weg zu den Sternen ist steil.“

Blum schüttelt unwillig den Kopf.

Aus der Anzugtasche zieht er einen Zettel.

„Einmal will ich Dir auf Deinem ureigensten Terrain Paroli bieten. Eigentlich wollte ich es später bringen und auch bei einem noch schlechteren Ergebnis. Pille Feldhusen hat mir geholfen.“

Blum blickt auf den Zettel.

„Tu ne cede malis, sed contra audentior ito. Soll heißen: Dem Übel nicht weichen, sondern ihm kühner noch entgegentreten, oder so.“

Brixen ist angemessen beeindruckt.

Der laute Ruf „Papa“ lässt Blum allein in dem bequemen Sessel zurück. Er schließt die Augen. Das tut gut.

Das kleine Abendessen besteht aus Schinkenröllchen mit Füllung, Karottengemüse und Kartoffelbrei. Auch für Margaretha gibt es eine Zusammenfassung.

Brixen will auf „Ende gut, alles gut“ trinken. „Ist alles gut?“, fragt seine Frau.

„Nein“, antwortet Blum.

Erst einmal der Wein.

„Das Gericht wollte erst nur gut drei Stunden beraten. Um fünf sollte das Urteil kommen. Aber dann dauerte es noch eine Stunde länger. Die Herren wurden sich also nicht einig.“

„Wie lange braucht man?“, fragt Brixen.

„Natürlich gibt es keine genaue Zeitspanne. Manches ist klar, anderes nicht. Offenbar ging es aber nicht um die Schuld, sondern um die Strafe.“

„Um den Kopf.“

„Genau. Sie wollten die Geschichte des Polen nicht glauben, aber auch nicht die Höchststrafe verhängen.“

„Ein Kompromiss als Urteil?“, fragt Frau von Brixen.

„Ein Fauler. Haben sie Zweifel am Erhängen und können sie die Tatsachen für einen gemeinsamen Selbstmord nicht beiseite schieben, dann müssen sie als Richter freisprechen.“

„Da war wohl etwas zu viel verlangt.“

„Zu viel?“, protestiert Blum, „damals beim Giftsuppenprozess hatte die arme Frau wirklich geplant und sogar heimtückisch das Essen des Ehemannes vergiftet. Eigentlich ein klassischer Mord. Aber damals hat das Schwurgericht, auch mit Krohn als Vorsitzendem, ein mildes Urteil gesprochen. Heute waren die Tatsachen für den Angeklagten günstiger.“

„Und wie geht es dir, wo alles zu Ende ist?“, fragt Margaretha.

„Morgen können es alle lesen. Dann wird es um den Scheunenmord ruhiger. Und ich kann auch wieder an andere Dinge denken.“ Blum ist mit dem Essen fertig. Er dankt für die Einladung.

„In den letzten Wochen wart Ihr öfter in schlechter Gesellschaft, meiner. Mir war es aber wichtig, Euch zu haben.“

„Rede nicht so, das war doch klar. Du hast Dich selbst in die Bredouille gebracht“, sagt Brixen. „Aber dieser andere hätte die Todesstrafe nicht abgewendet. Vielleicht sehen das sogar viele Leute so.“

„Und der Pole?“, fragt seine Frau.

„Er war wie teilnahmslos, davor, danach. Ich werde morgen zu ihm gehen. Mit der polnischen Ordensschwester. Deine Zeichnung hat ihn glücklich gemacht. Er wollte allen Ernstes meine Hand küssen.“

Blum hatte Margaretha eine Zeichnung von Else Rehder, nach Vorlage der Fotografie aus dem Zeitungsartikel, machen lassen.

„Und die SA-Stiefel?“, Brixen schenkt Wein nach.

„Ich hoffe, das Schlimmste ist überstanden. Mein Schlafplatz ist aber immer noch in meinem alten Kinderzimmer, auf einer Matratze. Das ist doch unwürdig, oder?“

Die Hausfrau holt Rote Grütze mit Schlagsahne aus der Küche. Freier Abend des Personals.

„Viel gelernt habe ich in den letzten Wochen über deutsch und undeutsch. Wahrheit, Recht, Gerechtigkeit – ist das nicht mehr deutsch? ... Sie werten alles um.“

Die Männer haben sich Zigarren angesteckt. Einen weiteren Cognac nimmt Blum aber erst nach einigem Zureden.

Sie sprechen über die anschwellende Wählerschaft der Nationalsozialisten, Bauern, wohl auch dem Ruin nahe Händler und Handwerker, Erwerbslose, viele Junge, die noch nie eine Arbeit gefunden haben.

„Ich kenne einen Ingenieur, der da sein Kreuz macht. Und auch in der Justiz wird es welche geben, auch Kollegen“, sagt Brixen.

Blum fragt die Hausherrin, ob sie eine Zeichnung mit religiösem Motiv als Geschenk für seine Übersetzerin hat. „Wenn auch Gottes Natur zählt, habe ich etwas“, sagt sie und holt ein Gartenbild.

Margaretha will dann andere Themen. Sie erzählt von einer groß angekündigten Ausstellung von Emil Nolde in der Hamburger Kunsthalle. Blum soll sie begleiten.

„Haben wir nicht auch andere kunstsinnige Freunde?“, fragt Brixen.

„Natürlich werde ich auch Agnes fragen. Es würde Dir aber auch nicht schaden. Wir könnten in Hamburg im Restaurant des Hotels „Vier Jahreszeiten" anschließend zum Essen gehen und um die Alster bummeln." Ihr Mann war nicht mehr gänzlich abgeneigt.

Die Zigarre ist gut. Das Grammophon spielt Mozart. Brixen kennt neue Geschichten aus den besseren Kreisen. Margaretha will Blum einmal in Ruhe zeichnen. Der vierte Cognac war eindeutig zuviel.

Auf dem späten Heimweg trifft Blum keine Menschenseele.

Am Donnerstag der Woche stehen er und Schwester Danuta morgens vor dem Gefängnistor. Der erste Besuch nach dem Urteil. Blum überreicht sein Geschenk.

Wachtmeister Rückert hat Pfortendienst. „Moin, Herr Doktor, Moin, Frau Schwester", erwidert er die Begrüßung. „Harde Tiden", sagt er noch. Schwere Zeiten sind es tatsächlich, denkt Blum. Er will zunächst Smucek und dann den Posträuber sprechen.

In der Wartezeit erklärt der Anwalt, was eine Revision bedeutet. Wie und mit welchem Ziel er eine Anfechtung des Urteils durchführen will. Mit der Möglichkeit, dass ein neuer Prozess stattfindet, mit der Möglichkeit eines Freispruchs. Wenn auch die Aussichten nicht hoch sind.

Schwester Danuta hat verstanden und kann es in einfaches Polnisch übersetzen. Sie sieht Blum an und fragt: „Ist das gut? Hat Gott nicht seine Hand über Walerjan gehalten, ihm aber auch eine Buße auferlegt?"

Blum denkt: Gott?

Dann kommen schon die Schlüsselgeräusche und der junge Pole steht im Besprechungszimmer. Unrasiert, das weiße Hemd an und darüber die gestreifte Gefängnisjacke.

Polnische Worte und ein Händedruck für die Schwester. Smucek bleibt vor ihr stehen. Sein Blick erinnert Blum an die eigene Kinderzeit. Ein Junge, der von der Mutter in die schützenden Arme genommen werden möchte. Doch die Schwester ist keine Mutter und macht auch keine Anstalten. Jetzt erhält der Anwalt einen schlaff-feuchten Händedruck und alle setzen sich.

Es herrscht Stille.

Dann blickt Smucek die beiden anderen an. Sein Gesicht entspannt sich, er lächelt fast ein wenig. Ganz plötzlich spürt Blum ein Angstgefühl in sich aufsteigen. Wird er jetzt hören: Ja, ich habe es getan? Das Wort Elsa versteht er in dem polnischen Satz, den sein Klient sagt.

Doch mit der Übersetzung ist die Angst so schnell vorbei, wie sie kam: „Kann ich jetzt an Elsas Grab beten?"

„Beten Sie doch erst mal zu der Zeichnung. Ich glaube, es wird sehr schwer, eine Genehmigung für einen Besuch am Grab zu erhalten."

Blum fragt, wie es geht und ob Smucek das Urteil des Gerichts verstanden habe. Die Übersetzung ist lang, die Antwort kurz und dann spricht Schwester Danuta noch einmal auf polnisch.

Dann sagt sie: „Walerjan hat verstanden, dass er nicht das Leben verliert. Aber er muss bis in die Ewigkeit Buße tun. Dazu ist er bereit.“

Sie richtet wieder einen polnischen Satz an Smucek, und dieser nickt mehrmals.

Blum ist unbehaglich. Hier gehen Dinge ineinander über, von denen er nur eine Seite wirklich versteht. Für das jüngste Gericht ist er nicht zuständig. Was aber hatte er erwartet? Die Frau, die sich mit der tödlichen Giftsuppe befreite, war beim ersten Gespräch nach dem Urteil glücklich gewesen. Sie hatte für jeden Ausgang geplant, bei welcher ihrer Schwestern die Kinder untergebracht werden, und wollte ganz gewiss nicht an das Grab des Familientyrannen.

Aber das war etwas anderes gewesen.

Viel ist nicht mehr zu sagen. Blum lässt die Revision erklären und sich eine dafür nötige Vollmacht unterschreiben. Schwester Danuta möchte noch einige Zeit allein mit Smucek sprechen und Blum erwirkt die Erlaubnis bei dem Wachtmeister. Das Gespräch muss auf dem Gefängnisflur stattfinden. Er verabschiedet sich von beiden.

In das Besprechungszimmer wird der Posträuber gebracht, dessen Verfahren Ende November beginnen soll.

Als dies Gespräch zu Ende ist, ist niemand mehr auf dem Flur. Zwei Gefangene schleppen einen Essenskübel an ihm vorbei.

Blum erledigt danach einige Dinge im Büro und ist pünktlich in Laages Speisewirtschaft. Die erste wirkliche Freude des Tages ist die Tageskarte. Es gibt sein Lieblingsgericht: den Seeleuteeintopf Labskaus. Gepökeltes Rindfleisch, gestampfte Kartoffeln, Zwiebeln, Rote Beete und darauf ein Rollmops.

Brixen stöhnt: „Wie Du so etwas essen kannst." Er bestellt ein Schnitzel von der Karte.

Beide geraten in einen Wettstreit über holsteinische Speisen, die sie auf keinen Fall essen würden. Ganz oben rangiert Schwattsuer. Eine Art Suppe aus mit Essig angemachtem Schweineblut mit Schwarte und Fleischstücken.

Blum erzählt vom Gefängnisbesuch, aus dem man diese und jene Schlüsse ziehen kann.

Aber er würde es wieder so machen.

Dann druckst Brixen herum, was nicht seine Art ist. „Meine Gattin hat heute Vormittag extra im Büro angerufen. Solltest Du weiter ernstere Absichten bei Agnes hegen, ist weiteres Zögern nicht zu raten, es ist wohl …", Brixen trinkt den Weinbrand, „ein Konkurrent aufgetreten".

26

Im November liegt das Urteil schriftlich vor. Es hat 16 Seiten. Blum braucht einen Monat, um die Revision schriftlich zu begründen. Sein Hauptargument ist, dass der Antrag auf Exhumierung und Obduktion abgewiesen worden war. Dem Angeklagten wurde dadurch ein wichtiger Baustein zum Beweis seiner Unschuld genommen. Das hätte das Schwurgericht nicht verweigern dürfen. Blum beantragt, das Urteil aufzuheben und einen neuen Prozess vor dem Schwurgericht im preußischen Altona durchzuführen. Am Ort sei die Unabhängigkeit der Justiz nicht gewährleistet. Im Dezember geht sein Schriftsatz an das Reichsgericht in Leipzig.

Die Staatsanwaltschaft hatte anfangs ebenfalls Revision eingelegt, diese aber nach dem schriftlichen Urteil zurückgenommen. Panek gibt den Kampf um den Kopf also auf.

In den ersten Tagen waren die Zeitungen voll gewesen. Berichte, Kommentare, später auch viele Leserzuschriften. Fast alle forderten die Todesstrafe. Dann hatte das allmählich aufgehört.

Smucek war bereit zu büßen. Im Dezember besucht Blum ihn erneut ganz kurz, zum Weihnachtsfest ist Schwester Danuta allein bei ihm. Er leidet sehr, sie hilft ihm, den Eltern zu schreiben.

Blum hat der Alltag wieder. Offizialverteidigungen gibt es in seinem Büro kaum noch. Nur Amtsgerichtsrat Haage hat ihn noch einmal beigeordnet. Überhaupt hat er weniger Klienten als früher, doch die Not und finanzielle Knappheit der Menschen ist auch noch mal größer geworden. Selbst Brixen verspürt einen Einbruch an neuen Fällen.

Am zweiten Verhandlungstag Anfang Dezember wird Bernhard Froböse, der Posträuber, zu fünf Jahren Zuchthaus verurteilt. Der Mindeststrafe.

Die Anwaltskammer hat ein Ehrengerichtsverfahren eingeleitet. Blum soll den Fall Smucek kostenlos bearbeitet haben und das wäre standeswidrig. Blum schreibt seiner Berufsorganisation, er habe 17 Mark Vorschuss eingenommen und eine ordnungsgemäße Rechnung an seinen Klienten geschickt. Im selben Brief schildert er die Vorkommnisse um die vorübergehende Entziehung seiner Vollmacht und die Rolle des Kollegen Mathiessen dabei. Die Untersuchung gegen Blum verläuft im Sande. Der sozialdemokratische Anwalt Kilb, der dem Kammervorstand angehört, hat sich für ihn eingesetzt.

Schon lange nutzt Blum wieder sein Schlafzimmer, aber die Matratze bleibt im Obergeschoss seines Hauses, für alle Fälle. Er ist nicht ängstlich, aber vorsichtig. Die Agitation der SA-Stiefel hat andere Ziele gefunden. Viel liest man von dem „legalen Weg", den die Bewegung zur Macht einschlagen will, aber auch von gewaltsamen Aktionen. Die Wählerstimmen steigen bei jeder Wahl.

Längst geschlossen ist die Akte zum Tod von Czeslaw Dankowski. Sie umfasste nur sechs Seiten. Den Eingangsrapport des Dorfpolizisten, den Arztbericht, das Durchsuchungsprotokoll der Schlafstelle, die Identifizierung des Toten, den Schlussvermerk und die Einstellung der Staatsanwaltschaft. Ein Täter ist nicht zu ermitteln.

Oberstaatsanwalt Panek ist in den Ruhestand verabschiedet worden. Der Schleswiger Regierungspräsident war in Vertretung der Justizministers zum Empfang erschienen.

Sekt gibt es, als Brixen glücklich Margarethas dritte Schwangerschaft verkündet.

Agnes Barin verlobt sich zu Weihnachten mit einem Itzehoer Kaufmann. Blum hatte sie nicht noch einmal getroffen.

Ganz Deutschland geht in den neuen Film „Der Kongress tanzt". Auch Clara Hansen sieht Willy Fritsch. Zweimal.

Die Zahl der Arbeitslosen geht auf sechs Millionen zu.

Hoffnung hat kaum jemand.

So geht das Jahr 1931 zu Ende.

27

Anfang März 1932 kommt Post vom Reichsgericht. Die Revision ist verworfen worden. Walerjan Smucek ist nun ein rechtskräftig verurteilter Totschläger.

Mitte April 1932 wird er zur Verbüßung seiner Strafe in das Zuchthaus Alt-Strelitz im Mecklenburger Land verlegt. Beim allerletzten Besuch von Blum und Schwester Danuta ist er gefasst. Sie sprechen über ein später einmal mögliches Gnadengesuch. Ein Antrag, an das Grab von Else geführt zu werden, ist abgelehnt worden. Die Zeichnung lässt man ihm.

Nachwort

Der Prozess gegen Walerjan Smucek hat so niemals stattgefunden. Er ist genauso erfunden wie die Namen der Personen dieser Geschichte – außer Rechtsanwalt Hegewisch.

Orte, historische Ereignisse und der zeitgeschichtliche Hintergrund sind aber real. Bei der Zeitreise um fast 80 Jahre zurück waren mir besonders folgende Bücher behilflich:

Kuczynski, Geschichte des Alltags des deutschen Volkes, Band 5;

Daude, Strafgesetzbuch, 17. Auflage 1930;

Buhmann, Schenefeld im 19. und 20. Jahrhundert und

Schneider/E. Schwarz/J. Schwarz, Die Rechtsanwälte der Roten Hilfe Deutschlands. Politische Strafverteidiger in der Weimarer Republik.

Dank

Von meiner Großmutter habe ich als Kind die Geschichte gehört, wie die an den Konventionen der Zeit scheiternde Liebe einer reichen Bauerntochter und eines armen Schuhmachergesellen mit einem Selbstmord geendet hat. Viel früher als 1931, in der Rendsburger Gegend und nicht mit einem dramatischen Gerichtsverfahren als Folge.

Von meinem Vater kenne ich im Buch verwendete Geschichten aus dem Itzehoer Gymnasium KKS in den 30er Jahren und das populäre Dorffest Ringreiten.

Für vielfältige freundschaftliche Unterstützung danke ich Birgit Gärtner und Gerd Schumann. Margret Wolfrum und Thomas Langecker waren kritische Mutmacher, noch bevor der erste Satz geschrieben war.